世界与你无关

丁丁张 著

浙江文艺出版社
Zhejiang Literature & Art Publishing House

果麦文化 出品

序

写第二本书总是比较艰难的，难度系数类似于拍续集，之前我就一直说，只要有之前，之后的东西就难免会被比较，并被说：嗯，还是第一部更好一些。

所以我说，那些说这本书不如《人生需要揭穿》的人，我原谅你们了！

时间大步向前，像歌里唱的“看大河弯弯”。写作是件孤独的事情，在第一本书开卖的过程中，我写作的状态像被废了武功之后再努力恢复的人，不是被掏空了，只是心境不同。负责我文字的编辑说我写得越来越好了，并持续悲悯。

我时刻提醒自己，要保持关注这个世界的能力，即便这一年，工作非常忙碌，且更多的时候，忙忙碌碌却没有结果，甚至有时让我怀疑继续做下去的意义，但好在坚持是融入血液里的；尤其是，坚持并不复杂，像偏执地爱着一个人一样，只管爱下去就好了。结果，本就不受控。

我试图整理我这段时间以来的思考，并竭力保持真诚，庆幸的是我仍具有这样的能力，并且愿意一字一句地敲打下来。写这本书我还需要借助我的朋友们，他们在用自己的履历完善我对生命、爱情、世界的看法，让我在某些不可控制的情形下学会顺从、微笑、乐天知命。

这些天在听李宗盛的《山丘》，他唱："向情爱的挑逗、命运的左右，不自量力地还手，直至死方休。"多年未曾被音乐感动了，它的出现，让我觉得像一路赶来下了飞机，被老朋友抱住。他有一双温暖的大手，跟我说：嗯，都一样，别这样。

我在出差的路上听着这首歌险些掉泪，觉得一个好的创作者莫过于此。如果说《人生需要揭穿》负责揭开你的伤口并把缘由告诉你，《世界与你无关》更像是不提伤口，握住你的手给你一点儿温和的力量。在这熙攘的大城，在这靠多雨才能显得有一点儿柔和的北方城市里，这是多么难得——对我们这些都市里孤独的人。

我依然不会当所谓的情感作者、人生导师。道理不是我的，是大家的，它们早就存在，我选择把它们收集起来，用来回馈生活给我们的东西，用来告诉自己，我们从不普通，又那么平凡。

我还希望这是本有趣的书，它应该好笑，读起来不累。因为，看书的人不多，受伤了还能笑出来的，才是真的猛士。我执意让文字保持乐观，以便让你在失恋的时候、无人爱的时候翻看——你都这么惨了，这些故事更惨，让你笑笑。

写完之后，觉得自己都胖了。

那天，突然想起，感知世界，听老情歌，看凡间故事，鼓励贱人们受伤犯错又重新好起来，嗯，人生的乐趣就在于此。其实我们都一样，谁都无法幸免。

还有就是，有天我说，看人家写东西一篇一篇的，我很久没有写出感动自己的作品了。有个网友留言给我说：你就是读书太少了，多读点儿书，慢慢写，总会好的。

我说：哦。

借由李宗盛大哥的歌词，来表达这本书的态度：想说却还没说的，还很多。攒着是因为想写成歌，让人轻轻地唱着，淡淡地记着，就算是终于忘了，也值了。说不定我这一生涓滴意念，侥幸汇成河，然后我们各自一端，望着大河弯弯，终于敢放胆，嬉皮笑脸，面对，人生的难。

执

002 爱要知道的真相
005 打破不被深爱的魔咒
008 欠收拾的期待欲
012 与大叔的“持久战”
016 当老房子着火
020 十六条搞定大男人
025 不作就不会死
029 择偶的时候
032 有志气的“备胎”
036 如果一生只能爱一人
040 如果一个人愿意感动你
043 离奇的爱情片段
046 最惊心动魄的爱情
049 婚礼的真相
053 疯狂的小朋友
056 做爱的代价
060 性爱电话
063 不能做爱君

离

068 爱而不得　事出有因
071 让只喜欢自己的人继续孤单
075 让试探狂滚出朋友圈
079 自己给的狗血
084 经济制裁分手的男人
088 进击的小三
091 世界与你无关
094 谁要你的破礼物？
098 没长大，别出来爱人
102 捉奸故事会
105 那些告别
109 24:40
113 柏拉图图什么？
117 片刻的欢愉

念

122 神秘人为何迟迟不来？

126 你配得上暧昧吗？

130 念念不忘，必成神经病

133 两次大哭

137 男人的用处

142 初夏之歌

146 说愚蠢

149 你的烦人，超乎你想象

152 性事漂流

155 欲望的启动键

157 沉默之慌

生

162 终将忘却的前任

165 迟到者

168 风至佛罗

171 加州的我

175 只当离开，也是一种缘分

178 漂亮的翻云覆雨手

181 红的权利及必备条件

185 没有时间漫步

190 大女人理应当平静向前

193 写在后面

世界与你无关后，我去做了些什么

执

zhi

爱情里所有的纠缠都是我执

/// 爱要知道的真相

微博上曾有个很热的帖子，大概意思是把安妮宝贝书里的文字摘录下来，然后配上相对应的图，幻象被揭穿，“笑果”立刻显现出来——那些波西米亚裙、褶皱的白衬衫、海藻式的头发一一显形，像你爱过的那些文字构成的名著主角被选出具体的演员来演了，就是具体的笑话，还有失望。确实，文字的意义在于你可以凭借这些间架结构完成想象。想象是不可以被具体化的，所以作家选择不出镜，是对的。可，很多作家不懂这个道理。

还有就是电影。文艺青年爱电影像是一种出厂设定，尤其是那些不说话的、沉闷的、用音乐来完成叙事的。事实上，真正意义的成年后，我非常讨厌那些没有具体情节只有情绪的电影，那很容易让文化程度不高的年轻人上当受骗，认为表征为扭曲、撕裂、痛感的才是爱情的真谛。于是他们在爱情里或者爱情结束后选择和这些电影主人公一样的表现形式，他们的统一特点就是：阴郁，不说话，欲求不明确，又爱得很痛苦。

可对一个生活在都市里，有正常工作、对自己负责、体健貌端的正常男青年来说，这样的表现不是犯傻吗？

电影和日常生活的最大区别就是：日常生活是不配音乐的，也没有旁白，更不能慢动，淋雨之后会得病，喝多了也许会冻死在街头，而不是你睁开眼，发现自己躺在一个高帅富的床上，他温和地看着你。

我见过这样中毒很深的女人，和她相处久了确实有到中戏、北电进修下的急迫感，因为你不知道她什么时候会突然长发凌乱地冲到你的家里，抱着你莫名其妙地哭一场，弄脏你的睡衣之后突然又走了。给我的感觉是：其实她抱谁都差不多，为什么要选择我？更何况，不是已经分手两年了吗？

我也见过入戏颇深的文艺男青年，早上刷新微博的时候总有一条来自他们。他们的思索是配了美图的，那或者是即将燃尽的烟，或者是漫无边际的真的黑夜，大概的意思用人话说就是“我爱的人为什么不爱我”。

可我也不能说因为我讨厌这种形式感，就不允许你装傻充愣犯贱或者以文艺作品的方式来表达你在真爱当中，因为爱情说到底，还是你自己的事儿，你怎么想、怎么判断，都会影响你爱情的质感和样貌。

女人对爱情最大的幻想，也不过是，对不爱自己的人仍然保持着热情。男人其实也一样。

受文艺作品蛊惑是很年轻的时候才会犯的低级错误，受“爱而不得”影响却像是个终生的课题，需要不停地应对。本着对自己和周边人负责的态度，尽量接近真相，尽量让感受准确，才是走向幸福的不二法门。而且，你知道吗，像我们这样稍微有点品味的实际的男人，是多需要一个头脑清楚对爱情认识明确不会就地犯病的普通人啊！

再说了，如果你真愿意为幻象埋单，反正都是不理你，你为什么不爱梁朝伟呢？

那个时候，真是爱骂文艺青年。现在想起来，其实文艺不是病，忧伤有时候是种生活方式，不影响行走坐卧的话，当然可以酌量使用。现在的我，早就不文艺了，但审美还是在线的。今天看到了可怕的小区花坛，深深觉得，审美才是人和人之间最高的墙，所以，也就不用管别人怎么看怎么想了。我——竟然成为那个想怎么穿就怎么穿的我。用这样的方式武装自己，竟然在很多方面变得无所畏惧起来。当你不害怕失去什么东西的时候，就变得不那么文艺了。说完这句，就笑出了声来。

/// 打破不被深爱的魔咒 ㊔

人容易给自己下套，我三十岁前老干这事儿，属于熟练工。

比如，很多时候，我都觉得我不配得到爱，以至于我最讨厌的事情就是：我喜欢的人也喜欢我！

以至于后来，我再爱上的人不爱我，而因此我更加深爱着这个人的时候，对方因此更不爱我，我因此更爱对方。我就觉得我存在于一种奇怪的死循环里，有魔咒缠身感。

真正有自信的人不会这样想，自己爱的人爱他会让他兴奋，觉得两情相悦，可深陷魔咒中的我，觉得这太不完整了，不挣扎的爱不是爱，我把难过当成了爱情的必要条件。

可我后来不这么看了，我长大之后觉得必要条件是开心，谁让我难受我就跟他分手。

敢于承认这个，说明我真是个诚实的人，好惨的。

我新认识的一个朋友，说自己中了另外一种咒，起个名字就叫“做过即忙咒”。大概意思是，如果她真的爱上了谁，并在循序渐进后突破了防线，对方在得到她身体之后，立刻变得忙碌起来，比如突然有了工作的邀约，或者被紧急召到公司里开会，或者要跟人谈事情，总之是因为“忙”，见她越来越少了，以至于疏于联络。

我邪恶地想是不是她的活儿太差了，当然从积极的角度来看，她或许是旺夫运太好了，可那些因为她而更旺的人，都用同样的方式回报了她，呃，那就是：跟她分了手。

这真是让人失望的故事，后来她把这个定义成自己的魔咒，每次谈恋爱前，都会告诉对方，你不要变得更忙就好了。对方当然断然否定了这点儿，还很生气的样子！

随后他们就……真的变得很忙了。

她就越发喜欢追究，比如对方到底在忙什么以及在哪里忙、和谁忙，可对方因此就变得更忙起来，最后，分手了。

她有些厌倦过这样的日子，也自检不出自己的问题，故事总在这个时间节点戛然而止，像中了魔咒一样准确。她也觉得如果在被吻醒之后王子就变得很忙碌，又无法过上“幸福快乐的生活”，那不如一直睡着就好啦。

可她持续地被吻醒，又持续地被“放在一边儿”，对方“忙去了”。

她苦恼地向我求助。我哈哈大笑，像我真的能解决问题一样，只好跟她说能不能让自己更加忙起来，不要追问对方什么。

在感情里，缠绵是一种技巧，暂时放松则是一种美德。有时候要适当理解对方的“忙”，并放下追问。这种适当的缓冲，有的时候会让对方更加开心地想起你。如果你在恋爱之后表现得无所不在，对方变得更忙，也是容易发生的事。

不是你不好，是你太多了。

尤其是当你开始侵犯别人的空间，并试图影响他的决定，那种被爱吞噬的感觉非常令人害怕，所以，原谅那些自私的家伙吧。

一个教育专家说在第一季《爸爸去哪儿》的五个孩子里，王诗龄的情商最高。举例说明：她去拉 Kimi 的手，拉了四次都被对方拒绝了，她就跟爸爸说："Kimi 是不是没睡醒啊？"你看，她没觉得自己胖或者对方讨厌自己，她认为是对方自身的问题。

这真是一种值得鼓励的情商，适用于让魔咒设立者，迅速打破魔咒。

爱自己，相信自己，并且不通过别人来证明这些，应该就是破解魔咒的方法。

慢慢不再追求在爱里对等这件事了。

小时候有个迷思，我对你一百分，你对我也是吗？现在不再计较了。

爱有时候是一种本能，付出是自己的需求，跟对方是否回馈没有关系。

我爱你一百分，是我的全部力量；你爱我四十分，如果你也尽力了，我没有什么不平衡的。

这样一想，其实连分数都不用打了。

总是计较得失的人，很难获得爱情中的满足感。

一旦你卸下了这些，就得到更多了。

也许。

/// 欠收拾的期待欲

执

爱有时让人受尽委屈，有时又让人变成浑身是理的难搞的人。

因为你爱着，所以你气势汹汹的，觉得这样的爱足够澎湃了，对方为什么还要如何如何，这真是一种蛮不讲理啊。

谁能恰好满足你的期待呢？哪怕他是你正爱着的那个人。

永不满意小姐此时正在和自己的男人生闷气。闷气其实从二人策划旅行开始，中间历经买机票订酒店一系列琐碎问题，终于在飞机落地的这一刻变成一场疾风骤雨似的吵架。

胸有成竹的男人在打了一百个包票之后，终于还是在香港的街头迷了路，他没有接受不满意小姐打车的建议，选择走路寻找预订的酒店。令不满意小姐非常不满意的是，他依然信心满满胸有成竹，凭直觉而不是靠向路人询问，是的，他们拖着皮箱在香港走了两个街区。不满意小姐在满耳朵当当当导盲绿灯的声响中花了妆，拥挤的人群和筷子一般细的便道早让她失去了耐心。

于是他们发生了恋爱以来最大的一次争吵，不满意小姐暂时丧失了优雅、理智和前半生努力追寻的高贵。是的，他们就是两个在香港迷路的内地人，她的北京口音普通话大声地砸在尖沙咀被人踩得油腻光亮的人行便道上，此时正逢八月中，天气潮热得像桑拿房。

旅行的热情像燃烧的木炭被一瓢凉水浇熄，发出滋滋的声响。和所有发生争吵后的情侣一样，他们在大吵之后陷入沉默，闷气在彼此的胸口憋胀。因为最终没有找到路也没有人胜利，他们陷入了尴尬的平局中，只能靠不说话缓解心情。男人开始问路，可怜的是，他遭遇的都是普通话和郭富城或者阿娇一样烂的香港人。一个小时之后，他们终于站到了酒店的楼下。不满意小姐脸要垂到脚面了，她需要洗一个澡，尿一泡尿，补一个妆。

可，男人在打开酒店门的第一时间，冲进了洗手间里——不满意小姐发誓，就在她把拖鞋换上的那一个瞬间。

她是不会和对方主动说话的，哪怕是催促对方快点儿出来这样的小要求。她憋着尿给好友发微信，她说：我觉得要分手吧，好想跟你们一块儿出来旅行。

好友们——是的，越是好友，越是在这种时候，消失不见！

不满意小姐旅行的欲望被收割了，她此刻想拉起箱子，回到熟悉的城市和狐朋狗友的身边。她觉得和任何一个搭着来旅行，也好过这个在洗手间不厌其烦唰唰唰洗自己的男人。

于是，旅行的第一晚，不满意小姐甜似蜜月的旅行计划，全部都随着这次争吵消失了。

嗯，我的意思是，真是活该呢。

不满意小姐给我发私信的时候我刚洗了一个热水澡，她的冲动让我重新看到了当年那个很不容易满意的自己。三十岁之后我很少再给自己找这样的不痛快，爱人再爱，也是另外一个人，我常感激他们对我的懂得、欣赏、爱护、付出，我也常必须原谅他们的鲁莽、忽略、心不在焉，因为我知道，那些爱并非理所当然，那些不爱可能并非刻意为之。我在爱里变得宽容不是因为我不想得到更多的爱，而是那本来就是自然的东西，它不靠渴望获得，不靠攥握获得，不靠争取获得，它存在多少，就有多少。

我也不把表现都和爱与不爱扯上关系，有些表现只是表现，有些现象只是现象，像无法保证自己随时有一百二十分的热情一样，我也不要求对方如此。这是不完美，这也是现实。

旅行和逛宜家，都是高风险的事儿，因为里边都有消费、决策、审美，有产生分歧的种种可能，可它们也是一种实打实的分享，让我们知道，我们之所以是我们，要有妥协、忍让和理解，以及为了不尴尬而少说那难听的一句。

我们对路人礼貌，收拾起吃完的餐具盘子，我们对服务人员微笑，我们又有什么理由，对我们深爱的人，那么苛刻?

而旅行，本不该那么准确，放轻松随便走走吧，亲爱的不满意小姐。

后来，我告诉不满意小姐说：去和好吧，说，让我们和好吧，开始我们的旅行。

如果对方爱你，他等着你呢。

恋人间大多数的争吵，都是两个星球的互不理解造成的。

男人的思维，终究是跟女人不一样，所以彼此理解是暂时的，长久的误会，才是永恒的。

女人求情，但用讲道理的方式说出来，男人根本理解不了。

男人讲理，但从来不用情感的方式表达，女人就觉得匪夷所思，我又不是来你这上课的。

所以，女孩们要学会量化自己的气愤，用男人可以解决的方式表达出来。比如，你这次生气需要他买花解决，那你就让他买花；你这次生气可以靠发个红包解决，那你就让他发个红包。

量化的生气有助于解决问题，男人最想解决问题。想解决问题的男人，终究是爱你的；不想解决的，才是不爱。

不要老吵架，伤感情。

/// 与大叔的“持久战”

执

新近谈恋爱的小姑娘，爱上了一个大叔。

不是每个接近中年的人都可以被称为大叔，大叔是身材保持良好、有优质审美取向、有广阔视野及固定事业、看起来干净有品的那种，那种同龄却丧失了生活激情和斗志的，嗯，我们称他们为……师傅。

跑题了，说回大叔。

大叔各种都好，但就是爱得不那么积极，不主动表达爱，也不主动表达想念。时间是把杀猪刀，大部分人蒙上了尘土，大叔们保养得当，抵御了地心引力和尘土，时间对他们最大的影响是心灵的……疲惫感。他们是具有兵来将挡水来土掩的能力的，但大部分时候不用，他们的生活再也禁不起折腾。在人生拐弯的地方，大叔们的为难是，经验足够，精力不够。

大叔陪小姑娘开展一段爱情，更像是一种规定了具体回报权益的广告合约，即在指定范畴之内，包括物质保障、工作之外的时间、温暖保险的简单情话，都可以在指定时间供给，但在这之外，激情欠奉，随时随地的思念欠奉，带有冲突感的剧情欠奉。

小姑娘备感苦恼，以她二十岁所具有的人生维度来看，这像被爸爸保护、被学长偏爱、被和谐的好友照顾，独独不像爱情。不争吵，对方拒绝争吵，争吵被遏制在摇篮里，争吵也争吵不过，最后的结果是小姑娘坐在那里生闷气，大叔则闷闷的，看不出生气还是不生气，一副任你狂风肆虐我自岿然不动的样子。

小姑娘说：你能不能说句好听的？大叔反问：什么是好听的？

小姑娘说：你能不能多关注关注我？大叔说：我所有的休息时间都给你了，还要怎么关注你？

小姑娘说：你能不能不要看手机看着我？大叔说：我和你在一起你也可以看手机啊！

小姑娘想找碴，发现也无碴可找：大叔声线温和，字字句句都像编撰过，没有漏洞，也有“早安”，也有“晚上好好睡觉”，就是不爱打电话，出差时候也绝不玩什么 FaceTime，一切都像好的，可又平静得不像爱情。

大叔拒绝了小姑娘的高调示爱，甚至对她在朋友圈里发图都会反感。大叔觉得这样的形式过于幼稚，连带让小姑娘也觉得自己很幼稚。她偶尔才会在工作时间发微信给他，他偶尔回得很快，偶尔很长时间不回。大叔说，不能形成这样的惯性，避免下次在自己不能及时回微信时让对方太着急。

这当然是大叔自己的逻辑，可大叔的大就在于，他会把这些告诉小姑娘。小姑娘像一条在砧板上待切的鱼，睁着眼看着大叔拿刀过来，除了拉肉的时候生疼，被吃的时候还蘸了芥末。

小姑娘说：我们分手吧。

大叔说：好啊。

小姑娘觉得很伤心，接着说：你不挽回下怎么证明你需要我？

大叔说：那是你自己的想象而已，我不需要你为什么陪你看电影为什么陪你吃牛排？

各说各的道理，似乎进入了一个怪圈，姑娘暴跳如雷说可我要的不是这样的。

大叔平静地说：我能给的我都给了，而且，你到底是爱的我这个人，还是爱情的感觉啊？

小姑娘沉默了，觉得无从回答。她先被大叔的沉稳打败，又被大叔沉稳下的逻辑打败，她发现自己除了数学不好之外，语文也不好。

可大叔爱的，到底是一个陪伴者还是一个自己爱的人呢？

大叔没有给出解释，他们俩终于还是没有继续走下去。大叔说，两人往前走，需要很多条件，可除了物质条件之外，还需要更多的其他条件，比如对爱的态度等等。

大叔其实不是一个很闷的人，有的时候还很风趣，但大部分的风趣，都给了生意场和谈判桌，或者会议室中偶尔需要打破沉默的瞬间。大叔真的很疲惫了，连谈恋爱，都只能按照自己的习惯，像习惯点菜一样。

小姑娘告别了和大叔的“持久战”，可大叔又发了一条类似“我下班了”之类的短信，小姑娘说：哦。

大叔说：聊天不要用哦，要用嘿。

小姑娘没有回嘿，她觉得自己很傻。

还真是无解的世界，只好劝她听任自己内心愿望，其实不知到底驶向何方，前路阴晴未定。

女孩要多读书，如果读不下去，那就一本都不要读，现实且庸俗，只谈感受。

要多读，就读得比大叔更多些，方便识别哪些大叔不值得迷恋，哪些道理可以自己消化，不用陪睡来获得。

人活到一定的年纪，总是能获得很多看起来厉害的“人生真相”的，但这些其实没有什么了不起。

大叔们看起来优雅得体，举止美好，那其实是应该的，不能因为其他人脑满肠肥，就对这样的大叔另眼相看。

别跟大叔们玩心机，除非他真爱上你，不然你很难做到心如止水，如果冷战的话，可能你也赢不了。

火爆的《延禧攻略》里，娴妃爱皇上而不得，令妃看似不爱，内心其实是爱的，对大叔控制得当，娴妃最后追问到底怎么做到的。

令妃把手放在嘴巴上，意思是不说。

我当时看了挺生气，不知道这有什么可骄傲的，觉得魏璎珞嘚瑟。

爱也不说，是很难办到的事情，所以这个其实也学不来，也不用学。重点是，要有和大叔平等对战的能力，那就是强大。

/// 当老房子着火

㊈

有什么可救的？我的态度就是这样的，如果老房子着火的话。

我是着过火的人，我是失过事的老屋，我听过房梁过火噼啪作响，我看到火舌转过旋梯烧向屋顶，我暗自窃喜又真的疼痛，所以着火可喜可贺，怕的是终年潮湿啊。

所谓的老房子，大概是指我们这些，还在辛苦维持着单身且显年轻的状态（“显”字好伤人啊），不甘进入俗常生活又真的年龄变大了的人吧。

老房子小姐已经不小了，再谈恋爱简直是件值得放七天假庆祝的事情；当然，放七天假的风险在于，你要来安排这七天到底如何度过。而老房子之所以成为老房子，大概是因为苛刻、自我，在各个系统上都有管理规范，用户手册厚达数百页，不然怎么会成为老房子呢？嗯，有的门锁打不开，有的门锁打开了……再也锁不上。

所以老房子小姐恋爱，岂止是她一个人如履薄冰，我们这些旁观者也一样，如同殷勤物业，需要时时提醒屋主说，不要那么自我啊，不要那么强硬啊，不要那么难以修复啊。

这天老房子小姐又拉响警报，她爱上了一个比自己小的台湾男孩儿。似乎一切都很好，可恰巧那天正逢北京的一场大雨，台湾先生就去逛 798，留老房子小姐一人在家听雨，她心心念念地盼雨停，又计划着要跟台湾先生去吃烤鸭，路线都想好了。

到下午五点，老房子小姐饥肠辘辘，她本要联系台湾先生的，但想了想，又把电话放下了。有的时候爱起一个人来会计较，自己主动找对方，那在老房子的眼中代表着低姿态、高风险。根据她们宝贵的人生经验，主动打电话，有的时候是把脸送到别人脚底板儿下边等着踩，显得太过殷勤了。

在这样打还是不打的焦灼里，老房子小姐度过了难忍的三十分钟，直到台湾先生的电话响起。她等了等，缓缓说了一句“喂”，台湾先生沉吟了一下，说：你晚上有计划吗?

老房子小姐立刻把计划收了起来，似乎立刻看穿对方已经有了新计划，而这个计划里没有她，然后她面无表情地说：没有啊。

有一种爱叫口是心非。

哦。台湾先生继续沉吟了一下，然后说：那我和朋友们在这边吃饭了。

老房子小姐的心沉入了深深海底，一方面陷入计划被打乱的不爽，一方面陷入对方没有默契的灰败里。她把那句“为什么不带上我”塞回胸腔，硬生生地说了一声：好。

当然对方没有发现什么异常，欢快地挂了电话。

老房子小姐被这欢快激怒了，警报就此拉响，火焰迅速漫过老房子的屋顶，浓烟滚滚几乎要把她呛出泪来。

她打电话给我说这些话，而后判定说：我一定又爱上了一个不够爱我的人。

我突然就好哀伤，觉得过了这么久，爱这门不断被复读的功课大家还是读不熟，在反复和发福中，终于被时间雕刻成了，在评委席上紧皱眉头挑三拣四又怕对方光芒太强刺伤自己的……老家伙。

不是吗？爱人从来没有责任承担我们的想象，有些所谓辜负，只是我们被自己的幻望辜负罢了。我们期待的完美爱情从来不曾发生，那些在心里被编排好的剧本，如果被强行加在一个普通人身上，他凭什么就要按指定对白完成剧情呢？他不是一盆花、一盆草，可以被随意放置在卧室里或者阳台上，更不会像宠物，被条件反射训练出指定动作。

面对另一个复杂动物并和他建立身心关系，是件很费力气的事。我的另一个老房子朋友说，真想给自己做份使用说明书，以便新人介入时随时查阅，脾气秉性爱好天敌药物禁忌等等一应俱全，怒点萌点哭点加粗加黑另行标注。可在茫茫人海中挑中那一个人，又幻望对方处处都如自己心意，简直是一种懒惰。

我们被孤独俘获陷入孤独，又被荷尔蒙操控不断发现，又被暂时的激情释放出爱的能力，继而被傲慢自私击垮——老房子重演着被烧被打扫被重新建设的戏码，却忘了学习说出自己想要什么。

最终你会发现，心有灵犀是个美丽的误会，它从不曾出现，只是有些巧合，被正好需要看到这些的我们美化了。

后来我把老房子小姐骂了一顿，我觉得台湾先生没有错，他真的很难判断老房子小姐是不是有计划。

老房子小姐也承认了错误，而后她嘀咕说：那我一个人在家，到底吃什么啊，他都不想想吗?

也许真的没有想到，我说：那你就直接打电话给他，让他带饭回来给你，还要隔空点菜。对方和好朋友吃得那么开心，又觉得照顾了你，真是两全其美呢。

这样多开心，显得对方多爱你。

我觉得能着一次火，也不错。

人总是误会自己，年轻的时候说再也不爱了，后来没有一个兑现的。

我也曾认为，自己会一直伤心下去，后来吃了几顿好的，就恢复原状了。目前回头看看，对自己抵御火灾的能力打满分。

我不是多怕失去你，我只是不知道下次“这么厉害的喜欢”什么时候到来。这句话道尽了我对爱情的定义。

爱情是可以再来的，坚信这一点，就不会太痛苦。

/// 十六条搞定大男人

㊓

1. 首先要知道，一个人能否搞定另外一个人，其实大部分时候不以你的主观意志为转移。说得这么学术，跟大学教师似的，其实简单说的意思是：有的人不需要费劲就可以搞定一些人，有的人跪下了也没搞定对方，所以说技巧基本没什么用，要信服性吸引力这件非常动物性的事儿，这是前提。对方不想搞你的时候，基本上，你很难搞定他，不管他是功成名就叱咤风云的大男人，还是连一束玫瑰花都买不起的穷小子。

2. 大男人也是男人，脱离产品属性谈产品都是虚妄的。所以，要知道大男人和小男人在需求上并无不同；所以，姑娘，尽可能地好看一点儿，这个是所有男人都希望的。不是去整容，是在你个人的现有基础上做到整洁、得体、令人愉悦。当然，这是相互的，大男人也多是好看且得体的，不然，他再大你也收着点儿。

3. 不管和什么样的男人谈恋爱，判断这个男人是不是想和你谈都是非常重要的。嗯，很多人不愿意面对难堪的结局，她们觉得不被暧昧对象认可是件丢脸的事儿，于是拖着。可是亲爱的姑娘，男人的心态是这样的：在你没有表达爱慕之前，你表现得再亲近他也不会拒绝的。所以，要判断，对方是不是对你有兴趣，包括：是否愿意和你吃饭，主动约你，或者其他。

4.按兵不动是重要的，即便你是个快热型选手，也要知道，人，不光是男人，通常对轻易获得的东西不大珍惜。这也是演唱会赠票区域总是有很多人不来，而花了真金白银的人却风雨无阻的原因。所以，不是要刻意做高自己的价值，而是延长在爱的过程当中的细微感受。这很奇妙，尤其如果对方是大男人的话，他应该更充分地尊重你。

5.他们从来不缺投怀送抱的庸脂俗粉，你的特点是你之所以是你的重要标志，所以，保持那个鲜活、本色的你吧——当然这些都在他对你表示好感的前提之下。伪装成另外一个人会让你浑身不自在，而且，其实不管你用了多好的表演方式，“装”都很容易被发现，尤其是要知道，对方可能是阅人无数的大男人。

6.读书，要读书，不是读时尚杂志，至少不是只读时尚杂志，要涉猎更广泛，当然，这必须得是你真正的兴趣才行。我们不是为了嫁入豪门而温习功课甚至学MBA课程的心机女，还是顺其自然点儿吧，至少在别人聊起什么来的时候，你不是一个坐在桌子对面的大乳房。

7.要有自己的工作，不要无所事事。要知道，大男人往往是自恋的家伙，他们当然不要求对方也是一个野心勃勃看起来很臭屁目光凛冽的女版的他，但至少，这个人在处理工作方面很利落，甚至，在某些时候还会给他一些生意或者工作上的建议。“女子无才便是德”的时代早就过去了，胸大无脑可不是什么值得高兴的事儿。

8. 要有生活的基本技能。一旦陷入爱情，很容易因为想撒娇变得四体不勤，大男人工作很忙，所以尽可能不要成为他们的累赘，动辄要求他们完成可能普通小男孩儿才会去完成的爱情表现。鱼和熊掌不能兼得，那些富商骑着自行车带着爱人各种游玩的故事只会发生在《知音》里，OK，清醒一点儿。

9. 确实有一些大男人的审美俗不可耐，甚至他们喜欢的类型都被贴上了某种标签，但其实，并不全是这样的。那些最终得到真爱并且享受甜蜜的，往往不是媒体关注和热衷于描述的，这更像坏新闻的版本，你看那些面目清丽甚至平凡的，说不定蕴藏着巨大的能量。

10. 要正面，要让人觉得愉悦。大男人都是有一定阅历的人，这意味着也许之前他们经历过苦恋，经历过伤痛，又没有足够多的精力放到爱情这个环节上——世界总是这样的，它循环、公平——他们可能会希望有一段平静的好好相处的爱情。歇斯底里并不是真爱必备的标准，这意味着有的时候你要收敛情绪，有时候你要屏住自己的直性子，这不是妥协，是相处模式。

11. 要找到共同的兴趣，或者他从来没有发现过的兴趣。其实写下来，你会发现这些不仅是搞定大男人的方法，在普通男人面前也同样适用。千万不要相信“有情饮水饱”的鬼话，要创造各种各样的机会，并且要试图脱离大男人们认为的安全区域——他们趋向于选择保守的不超出自己认知经验的活动，这个时候，安排一次爬山或者京郊采摘或许给他不一样的感觉。虽然不必笃信，但一些影视作品中的桥段是可以借鉴的，比如，他带你到东方君悦吃饭，你可以带他到那里看喷泉。当然，也要因人而异，不能矫情，把你认为真的有趣的东西推荐给别人，你得足够有趣才可以。

12. 不要害怕动用“崇拜”这种激烈的情感。在爱情里，这些东西是必备的，我们习惯将这部分感情隐瞒了，认为我们的表达会让大男人更加志得意满——恰恰不是，好的评价是感情的润滑剂，也是让他加足马力向你冲过来的好办法。

13. 看这种所谓多少条怎样怎样并且深信的女的，我只能对你说一句“呵呵”，搞定别人，基本是梦。

14. 而且，事实上，我对搞定大男人毫无兴趣，这如此功利，听起来极不健康。我永远记得，在一部年少时的电影，李连杰主演的《中南海保镖》里，钟丽缇演个爱上了富人的女人，她在雨中崩溃大哭说：那么多人都说我贪钱爱财，我有什么错！我只是恰巧爱上了一个有钱人而已。真好。让我们都去拥有这种恰巧吧。发现他们，爱上他们，享受这些。

15. 拜金、功利、投机取巧、为了权力和地位而谋取爱，活该被爱抛弃！

16. 好爽。

我最恨教人方法了。虽然规律总是有的，找一找对谈恋爱大有裨益，但恋爱都不同，摸着石头过河挺好的，也要学着摸着心头。

那天去上了一节表演课，觉得表演很难。但有所收获的是，人如果要足够了解自我，就得学着把情绪和情感分类，分得足够细的时候，就可以很好地把控自己。

比如，喜欢有很多种，你试着分一分类，有的喜欢是对小猫小狗的喜欢，有的是对名牌包和新手机的喜欢，有的是肉欲的，有的是精神层面的。

分析好这些，就比较容易知道自己在一种什么样的状态里，便于适当抉择，好好管理。

不好意思，我怎么又教人了。

/// 不作就不会死

㊅

警花小姐是个美人，她的男朋友看起来像个网球运动员，高大威猛。他们在热恋当中，冰棍儿都要共吃一根儿，还从一个方向吃，看起来像一对连体婴。

警花小姐当然不是真的警察（我不知道我能不能和警察交朋友），但她绝对是一个具备警察素质的女人。她杀伐决断，心细如发，在对男朋友的管理和监督上，她，是可以配得上那身警服的。

尤其是，当她开始认真恋爱的时候，适合做警察的基因就渗透到她四肢百骸，像恐怖片里随时弹起的食人花。

身边有个这样的女人，当然是挺可怕的。

我在《人生需要揭穿》里谈论过这种关系，就是到底怎样才能让一个深爱你的人放心。事实证明，任何做法都不能，在一个深爱你又不那么自信的女人眼里，你永远都是一个躺在身边的犯罪嫌疑人，更何况你有的时候还不那么老实。

警花小姐的男朋友当然不是盏省油的灯，证据是他已经被拴在了警花小姐的腰带上，他竟然还用了陌陌。

这简直是作死的节奏。

陌陌的名声不好，当然，这也是他们在努力改变的。

你可以通过它发现在你身边的人，这种神器的出现，让寂寞的人不再真的寂寞。你只需打开它，定位会帮你找到在你身边同样打开定位的人，嗯，他们当然有不错的妆容，或者摆了较好的角度，以至于让你觉得，有很多不错的人哦。

当然，我相信每个凹造型的人都不自知，其实造型是无法改变长相的，丑的还是丑，这是题外话。

无论她们丑不丑，都将成为警花小姐的“箭靶子”——如果她们很美，警花小姐会觉得受到威胁，觉得对手情敌都融到 Wi-Fi 里了；如果她们很丑，你知道的，警花小姐会说：这么丑的你都不放过！

且说警花小姐的男友这天心血来潮就下了这个软件，又被定时检查的警花小姐查了个正着，这好比你摆摊摆到了城管办公室的门口，他们能不管你吗？这简直是在挑战他们的权威啊。

两人无可避免地发生了一场争吵。警花小姐认为爱应该是纯粹的，尤其是当彼此深爱的时候，这种软件的出现非常不合时宜。警花小姐的男友则认为好奇是没有过错的，他没有和任何人发生互动，应该得到理解和赦免。

他们打了一场莫名其妙的战役，警花小姐全胜之后有点垂头丧气，她觉得虽然胜利了，但却损害了自己和对方的关系。

她的沮丧在于，其实她并不是真的生气，她只是想用这样的方法来证明自己很在乎。

这简直是热恋中屡试不爽让爱人很烦躁的蠢方法。

男人从来不觉得这是一种在乎，他们只会觉得被束缚。这样说来，我肯定要被女性主义者乱棍打死，但从大的角度来看，真正纯粹的关系并不存在，或者说，那些时常被侵袭的物种，才能在自然界中逐渐获得免疫达到更完满的生长。

但恋爱里的人不信，尤其是女人。警花小姐在试图维护一个无菌环境，并试图通过强势的交流形成某些规范，她认为自己可以做到的，对方也一定可以做到。

战役的结果当然以男友删掉软件告终，但他的手机成了她的“占领区”他的“雷区”。在警花小姐枕戈待旦的监视当中，他终于成了那个需要被防备的人，可其实他很正常，那软件可有可无，却成为他和她的一块难以触碰的领地。

我没有好的方法，我只想说过多地浇水会让多肉植物死去，而若置之不理，它们也很容易弃你而去。这是门学问，而且，对每个人都不一样。

我对秤不离砣的爱情充满恶意。

虽然看起来那么珍贵，彼此都很重要，但一点空间不留的，我都持怀疑态度。

包括但不限于：微信头像是两个人，共喝一瓶水，在公共场所互相喂饭。卫生与否暂且不谈，过于黏腻不是秀恩爱了，是影响他人观感，且跟事主长相无关。

这样的情侣关系值得警惕。

一个人，不管多爱另一个人，都该有自我、有界限。

互相不看对方的微信，不代表着彼此有秘密，而是，边界问题。

“我的”“你的”，再不分你我的恋人，也要有这两个词。

呃，只是我这么认为，你恋爱你有理你随便。

/// 择偶的时候

执

“择偶”这个词我非常不喜欢，因为它透着市侩、功利，带着很强的目的性，一般情况下我都不愿意用这个词来形容人生的某个阶段，就像我也不喜欢用“繁殖”来替代“孕育”一样。可事实上，任何冷静的词儿都让人更容易看到一件事儿的本质，它不带感情色彩，准确又尖刻。

再没有比“择偶”更具风险的了，可我并不认为人们真的考虑得足够多，不然不会有这么高的离婚率。这也确定了我一直以来的理论“一切都是暂时的”。爱情也是，但爱情的风险来自爱情刚刚发生的时候，我们都没有想过感情会变坏，爱人会失去。

我的一个好朋友，最近终于嫁了一个富二代。她很美，又端庄大气，被人说过面相极好，老公其实不算好看，还比她小一点儿。两人性格和经历上差别都很大，我常担心他俩无话可说，就问她。她说：有什么可说的呢？女人考虑的日子，跟你们想的不一样。

有天我们也曾真诚地聊天，我问她：“你快乐吗？”也许因为我们吃的是火锅，她并没有感性地回答我，大概意思是，爱必须得有保障。我听出了深深的择偶的意味，尤其是当我们年纪不那么小的时候。昨天她在微信里给我展示她要买的大床，床上很多靠垫，我感伤地说真心疼那些靠垫啊，你们睡觉的时候它们去哪儿？她飞快地回答我说：扔地上，豪华地毯上。

她大概是幸福的，之前也经过两场轰轰烈烈的恋爱，也曾在分手的时候要死要活，全城的好朋友从四面八方赶过来救她。她有没有在那一刻放下对爱情的追求转而发现物质才是最靠谱的，我不能判定，但之后她开始按照“择偶”的标准去确定另一半，这让我稍微幻灭了一下，觉得人生就是应时当令的，一旦过季，分外凄凉。

可这也不算错，甚至，有天我们在美国的街头一起旅行，她和未婚夫的互动还显得毫无违和感。因为人的不确定性，那些物化的可以统一标准的东西便成了标准，这在变化无常的岁月里，何尝不是另外一种认证？它至少帮助我们在很多的变量中找到可确定的常量，所以大家选择的东西最后都差不多，就是那些足以令自己在这个世界上活得安定并有足够安全感的。选择的相似是因为我们经历的本无差别。

当然，我也看过因为爱而选择彼此的，他们中有的过得并不好；我也看过因为择偶而选择对方的，他们看起来过得又不错。看起来，选择那些母鸡围着的公鸡是有道理的，既然都到了择偶这一步，不如走得扎实点。

男人反正都会变心，不如找个好看的。多年前媒体说王菲说过这样的话，多年后她澄清其实不是她说的。是不是不重要，道理是这么个道理：一切都是暂时的，这跟男人女人没关系。

今天被人催婚了，一个好朋友，很久没见，在朋友圈里互动了一下，又到对话框里聊了一下。

他说：你也老大不小了，总得有个人相依了。

词用得真雅致，就差说出相依为命了。

我说：若是相依的话，得我真心喜欢，这是第一步；第二步是对方真心喜欢我。

虽然只有两步，但看起来还是好难啊。越老越难。

所以我这个朋友，月老还是没有当成。

但我看了下，我觉得这样回复，真是个应对催婚的好方法。

那天还听一个朋友讲，外婆催婚，妈妈出来挡驾，外婆说：好好的姑娘不结婚干什么？

妈妈说：你给我说下结婚的十条好处。

外婆想了半天说，还真没有十条。

大家都笑了。

我不是不婚主义者，我只是觉得相依是个很难的命题。谁也管不了我。

你如果遇到一个人，真心喜欢，他也真心喜欢你，赶紧跟他相依起来。这是我对世界的美好想象，谢谢你来完成它。

/// 有志气的“备胎”

㊈

不要做别人的备胎。

道理是这样的，但大部分时候，做备胎的人并不自知。他们从某些细节里感知到星星之火，又让它以燎原之势席卷了自己的全部生活。爱因为得不到更像爱，由于长久得不到，爱情当中追求与被认可这个过程被无限延长了，甚至，因为被爱者的游移不定，产生了反复的效果，这其中的辛苦辛酸，大概只有当过备胎的人才能明白。

所以，在《来自星星的你》里，全智贤在被“叫兽”以“你只是长得很像我之前认识过的一个女人啊”为由拒绝了之后，有过一段非常华彩的台词，大概意思是：你如果只是因为我像一个其他人而爱我，那你真是一个烂人；而我如果因为爱你就宁愿做那个类似于她的人，那我就是一个更烂的人。所以，不会了。

这斩钉截铁，真是让人点一百五十个赞。

当然了，如果爱情是“你不爱我我就不爱你”就完了，真如此简单的话，大概也就没有了悲惨故事，没有了情感作家，也没人为此着迷。对对方产生好感并发自内心地想拥有交配权，这是生物学提供给我们的线索，可人在进化过程中，丢失了对于气味的敏感捕捉功能，这让我们不得不走更多的弯路，要以结识、相处来代替其实更准确的源于身体荷尔蒙的依恋。

这种不准确也包括：我们不确定爱不爱对方；我们不确定对方爱不爱自己；我们在确定不爱对方的情况下又因为客观条件和对方在一起；我们在确定爱对方的情况下，对方却那么不爱自己，对方又没有明确表达讨厌的情绪，于是我们悲惨地，成为备胎。

备胎之祸，大概是为了获得部分的稀薄的爱，而苟延残喘于一些细节当中，借此拥有正在得到爱的假象以满足自己。我见过的最萌备胎先生，是可以半夜到女神家里去送比萨的。说起来也是一个高大上的白领吧，快递都下班了，他从海淀到朝阳游走一周，送完比萨就可以拍拍屁股回家。

女神吃了比萨，就安然睡去了，连他问“好吃吗”的那条微信都没有回。

我挺讨厌这种女神的，尤其是长得那么一般的。

但最萌备胎先生并不这么认为。他说，懒一点儿，又可爱，半夜突然想吃比萨了又不算什么过分的要求；更何况，比萨店就在自己家楼下；更何况，人家也没让他送，是他自愿的；并且，他说在这个过程中，他很开心。

女神听到门铃声，满腹疑虑地开了门，然后就看到一个大比萨，以及和比萨一样大脸的最萌备胎先生站在门口。她嗔怪地说：“你怎么回事儿啊？说了是开玩笑的！”最萌备胎先生笑得脸上的五官都移了位，说：我正好没睡，你休息吧，我回了。

女神收了比萨，觉得人生真是颠倒，自己明明是要发给另外一个人的，怎么就鬼使神差地发给了备胎先生。她给比萨拍了照做了效果发给另外一个人，并且做娇俏状说：吃不吃啊？会不会胖死啊？

比萨都吃完了，对方才回：在忙。

女神把手机摔到一边儿，正好错过了最萌备胎先生发来的“好吃吗”。

冤冤相报何时了，女神也觉得愧对了备胎先生，就在某次他主动示好的时候说：你别这样了，这样我并不舒服。

最萌备胎先生当晚喝了一瓶啤酒就醉了，哭得像……一只被水打湿的比萨一样。备胎被剥夺了当备胎的权利，竟然如此之痛，那感觉就像全世界都可以崇拜女神，可女神就不许他崇拜一样，太难受了。

这算是个年度悲伤故事，以至于我在听完之后，觉得最萌备胎先生真的很惨，所以我也没告诉他：他误以为的忠贞坚强，其实并无特别意义，更现实的是，有时候一个横跨北京的比萨，并不如一条短信来得更有价值。

你可以爱一个人，但你也要节制收敛，不是只有像全智贤那么好看的人才可以保持不做备胎的志气，人终要知道有些事情强求不来。

尤其是，站在动物的层面上，一只动物喜欢另一只动物，你不会问为什么后者不那么喜欢前者，还对它若即若离——这种恶心事儿，只有人干得出来。

感情里，我都主张谈得特别清楚。

边界是什么，彼此的爱和讨厌是什么——谈恋爱的谈，其实是交流。

你如果进入了备胎系列，就不要再奋勇争取权利了，因为备胎的世界就那么大。

所以你觉得你不重要，被忽略，人很卑微，这些都是你的个人体会而已。

跟你的位置有关系。

所以，一个成熟的人，是可以选择做备胎的；但成熟的含义是，你选择了什么，就接受这样选择带来的麻烦。

而不是，总想着，什么时候转正啊。

一辈子，可能都转不了呢。

/// 如果一生只能爱一人

㊞执

如果说我最爱的民间故事，必是《白蛇传》。

这戏是大戏，华丽复杂，在里边情色者可见鱼水之欢，好打斗者可看水漫金山，喜奇巧的也能发现白蛇用树叶变铜钱，更高端的可思索人、妖、佛三界。我肉眼凡胎，觉得最好看的是主人公白娘子、许仙、青蛇皆美，即便是法海，也觉得他义正词严格外性感；若说内涵，我觉得《白蛇传》写的是爱和欲念，讲嫉妒和占有，甩出牛郎织女这样反对封建势力的作品至少十八条街。

大戏的魅力在于，被翻成各个版本还是可看，且美。

曾看过田沁鑫的话剧《青蛇》，为“国话之春”的系列演出之一。原著李碧华，名字里就带着森森凉气。这版《青蛇》再谈爱和失去，导演最后上台和观众互动，她说：爱就是失去，爱上了就是失去的过程，但在我们的人生中，用什么抵御失去？还敢去爱吗？

这是值得思考的话题，爱和失去常说常新。在我看来，田的解读足够浅显，对于观众，也许是恰到好处。

这版《青蛇》的贡献，是将青白二蛇当成对立又和谐的两个面来塑造，二蛇大致相似，又都为爱而来，结果却大相径庭。白蛇修行千年只为寻找到许仙，并视其为真爱要做快乐事，去寻常人家过家庭生活。她温婉纯善，终于忘了自己是蛇，最终被许仙所负， 被压雷峰塔底；青蛇则尚有妖气，来人间只为体验，她睡了那么多凡夫俗子，又因为好奇上了自己的姐夫，而后和白蛇决裂，最后参透“情爱”二字，专情于法海五百年。

她扭动，痛苦，沉迷于浅层次的欢快与情欲，又好奇姐姐为何能只爱一个人，眼泪到底如何形成。青白二蛇口角，决裂。青蛇痛彻心扉，觉得五百年交情比不上五个月床第之欢；白蛇怨青蛇不分“你的”“我的”，愤怒异常。白蛇被嫉妒所苦，又因爱愤怒，必然更接近人了，可她忘了人的恐惧是本性，只对许仙持续失望，却忘了官人是凡人。

许仙被描写成了胆小懦弱、始乱终弃的人，可始乱时是白娘子，终弃时是白蛇，保命和天生对冷血动物有反感不行吗？（我怎么就能理解他？）白娘子执着认为真爱可敌一切，还要玩儿“蛇形相见”，许仙不敢直视落荒而逃。我觉得他一介书生且是处男，一把就被千年白蛇给睡了，对方还怀了孕，被吓得要死，也是俗人和正常人的反应。我从不为我的懦弱、胆小、惜命、爱自己辩护，责任感也仅限于保有自我安全，反正如果睡我旁边的是蛇我也不干。

收到一个多年前认识的人的微信，竟然被表白了。对方说自己一直都在，只怪我后知后觉。我内心鼓荡，又觉得异常温暖，二人突然热切又突然无语，觉得造化弄人，相对只剩无言。

可我真正开心了一下，虽然时间和距离隔开了我们，以至于拥抱也不那么容易。现实世界，青蛇太多了，可以为一个人爱或伤心，不影响和下一个人约会、恋爱、吃饭、睡觉、结婚、生子。世界不那么纯粹，欲望也一直如影随形，时间也从不慈悲，数十年烟火，最终归于一个句点。

都是带着白蛇的向往来了，最终做了青蛇，更多的沦为许仙，又爱又怕，最后还是爱自己。十年伤感，而后娶妻纳妾，忘了有过年轻时候的那条蛇。

也只有在这里，我才敢说我想当白蛇。杨宗纬唱：一生只爱一个人，一世只怀一种愁。

在这个时代，这多么无聊、乏味，可多珍贵。

我最近见了一个九〇后的小朋友，老乡，大网红，日进斗金，流量大户。

人还帅。

你以为的，常常不是真相。

我觉得九〇后，对情感可以更洒脱些，他不是。

他跟自己女朋友谈了很久的恋爱，就等着女友大学毕业，然后娶了她。

是初恋。

他貌似上了一般的大学，中途又肄业不上了。周杰伦那首《等你下课》，写的就是他这样的人。

他在一个文印店打工，学会了 P 图。后来用这个技术做设计，安身立命成名了。

现在他快要做爸爸了。

我们俩在一个餐厅吃虾，我说没想到你是一个这么传统的孩子。

他说：难道我就要去歌舞升平吗？现在的日子，对我来说已经非常好了。

一生只爱一个人？我好奇。

他说：对啊。

也不知道为什么，我就被他认真的样子感动了。

/// 如果一个人愿意感动你

老太太总是心急火燎的，暴脾气。老头儿总是慢吞吞的，被老太太骂了一辈子，没回过嘴。有一天早上，老头儿起来给老太太买早点，出了门，摔倒了，再也没起来。老太太说：你慢了一辈子，就这事儿，办得这么快。

还有，说一位 85 岁的爷爷，没办法去重症监护室里看老伴，就每天写封情书，让护士读给她听。他说：52 年的共同生活，每年每天都值得我记忆，我为你加油啊。然后画了两个人的画，又附了一句：对不起，眼力不济，把你画丑了。

我看了这两个故事，很难受，也很欣慰。看了那么多爱情故事，包括微博里的长篇，我还是喜欢这些上一辈的爱情，这些笃定的、安稳的、朴素自然的、关于过日子的爱情——或者都不是爱情，是守护、陪伴、珍惜，是你忘了他们接过吻、做过爱，只记得他们彼此变成老伴，似乎天生如此，本应如此，爱如平常。

这大概就是那本叫《平如美棠》的书大卖的原因吧。

这些，都是大爱的显现。小爱则更具象，在没有大的时间跨度的情况下，或许可以由此来判定，这个人到底爱不爱你，用了多少心思。

问几个朋友，你在爱里被感动的小事是什么？

胖姑娘说，早上被吻醒，立刻有画面感。

极瘦的那个说，晚上睡觉被一只手捞过去。

我说，捞字用得好，显得对方孔武有力，而自己又特别瘦。

不胖不瘦的那个说，就是自己头一天被他陪着逛街，试了的衣服，第二天都买来放在了床头。

我说，买得好，显得非常用心、豪气，且有钱。

这些被人惦记的好处，在日后的岁月里，风干为我们值得被认真对待的凭证；当然，还有一些，成为自己爱过一个人的依据。

一个朋友，等待着爱人到来，在卧室里吹了好多好多气球，腮帮子都吹疼了，等爱人到的时候，有点儿缺氧，差点儿晕倒在床前。

还有个朋友，真买了九百九十九朵玫瑰送人，最后对方恰好招呼没打就出国了，最后九九九无法安放，成就当年泪流满面玫瑰塞满车的江湖大戏。

太多的感动都被我忘记了，之前各种一写再写，现在也不想提及。之所以被开篇的故事感动，大概是终于承认不再年轻，激情不再了。比如，你拿一屋子气球迎接我，我会觉得，好难收拾，踩破了吓到狗可怎么办；或者真有九百九十九朵玫瑰到访，我会觉得不好意思，真不好意思。

真是活该没有大型的主题礼物送给自己。

但最后和朋友们达成的共识，是桥段固然难能可贵，而陪伴才是长情且久远的。那些超过他们能力范畴的爱，常常贡献让人感动的片段。比如拙手笨脚做了第一顿饭；或者一向不大表白的，坐着公交车就突然塞过来一只耳机和你共听一首歌；又或者，一个不写字的人突然写出一首长诗……

一个人愿意感动你，大概是更接近真爱吧。

相爱如此容易，持续总是艰难，这是这个时代留给我们共同的课题。是啊，都那么爱自己了之后，爱别人真的好难。

好在有老人家们，让我们看到希望。

我愿意看人为情感付出成本。

如果加上时间线，

时间线又足够长，

那就更加感人了。

/// 离奇的爱情片段 ㊈

某一年下着雨，看到一个男孩跪在泥地里，还带着一捧花，大声叫喊，引来了很多人围观。因为是在公司附近，围观的人又都年轻，就不好意思过于七嘴八舌。好事者过去问："要帮什么忙吗？"被对方撅了，说的也不是好听话。

是，能跪着求婚的，姑且还算是雅士，搭上的钻戒克拉大些、餐厅私密些，也算是给接受者留下个青春记忆。跪着求爱的，尤其是不分节气天气上下班时间跪在泥地里的，你赶紧让他该去哪儿就去哪儿。

多年丰富的战斗经验告诉我们，能变着法儿爱你的，也一定能变着法儿地折磨你，还是以示众的方式。

这种情况下，你不拒绝他，简直是对不起他示众的这颗赤裸裸的大爱心。

这算是一个离奇的爱情片段，算是给我幼小的心灵一次巨大的撞击。电视剧、电影里有无数次这样的求爱，在现实生活中看到还算第一次。我站在二楼的落地窗前观看，又八卦地四处打听，到底是追的谁。

然后好想告诉她，别接受啊。

后来她有没有接受我不知道，传言说被求爱者是李娜小姐。这个名字不用起代号，是因为每个人身边都有几个李娜。这个李娜小姐长得漂亮，穿衣服也讲究，每天决不素颜出门，有时候的装扮，比如长头发、大靴子、大长腿小短裙，你会觉得，她是要代表月亮来惩罚你的。

我对美少女战士没什么研究，但她确实惩罚了这个人。这小伙子在泥地里整了一天，真是跪得观众都丧失了兴趣，中午出去吃饭都把他当成活体雕塑视而不见。估计小伙子最后也觉得无脸，应该是打电话叫了好朋友，让好朋友把他架走了。好朋友的出现让我对他多了一份同情，因为他真的拥有好朋友。我的意思是，如果我好朋友做这样的事儿，我绝不会过来架他。

李娜小姐对此事矢口否认，说追的人不是她。问她这话的时候已经时隔多年，她坐在我车里，穿着貂皮，睫毛忽闪忽闪的，香气扑鼻，手指上应该是戴了戒指。朋友圈里也发出了艳后般的婚纱照，裙子巨长，姚明也可以穿的那种。她仰起脖子，天鹅一般。男的面目模糊，我无法形容，只好说，新郎就是一男的吧。

一个普通男的，娶了一个至少自视较高的女的，总会引起我们这样的人的好奇。她就说了一句：反正就是，对我特别好，自从结婚之后，除了自己，再没洗过任何东西。

她就这么香喷喷地说，一副心满意足的样子。

我有次又碰到他来送她，开着一辆……哎呀，也想不起什么车了，反正就是一辆灰突突的车。她上了电梯，我说：男朋友来送你啊？

是啊，对我可好了，每天送。她香喷喷地说。

嗯，后来我再也没问那天跪在雨里求爱的人是不是找她的。但如果是的话，那还真是，日常小事对垒惊天大事的绝对胜利，以及，一个女人对跪在雨里的玫瑰和搓衣服那双手的不同看法。世界有的时候就是如此，炙热常不持久，烟花过分美艳却短暂，客观地说，我们也很难让一个人一直保持着一百二十度的高温，并让玫瑰盛开不败。

把玫瑰插在花瓶里的人，大概都有这样的体验。

就这么香喷喷的吧，我觉得挺好的。

啊，我没有被疯狂追过。

如果有一个愿望可以实现的话，我愿意是这个。

真的不是开玩笑。

特别希望能有机会，被人追得没处躲没处藏的。

应该很好玩吧。

我觉得用残酷的方法追求别人的人，大多数没有同理心，或者同理心有偏差。

怎么会认为，特别猛烈的表达，就能把一个活生生的人心攥在自己手里呢？

你是魔鬼吗？

/// 最惊心动魄的爱情

执

这是我见过的最动人心魄的爱情了。

这天，我们为公司的某个电视节目搞首映，在三里屯的某个影城，公司来了不少人帮忙，其中也包括一个平时不怎么起眼的同事。

他也算负责重要的岗位，有点儿生下来就老了的意思，走起路来像刚军训完的孩子，脖颈挺直，目不斜视，韵律非常适合喊"一二一"，我们就叫他"一二一"吧。

是的，我们就叫他"一二一先生"。他负责的岗位重要，几乎要跟所有部门的人打交道：他负责统计周一早上开例会时候迟到的人次，负责组织生日会，负责在每个年度计算大家的等级和薪金。他看起来永远是克制的、不苟言笑的，虽然年纪不大，但克制让他显得比实际上坚硬一些，老一些。

他有时候也笑，但显得并不由衷，从职场的角度，又容易让有被害妄想症的同事觉得阴森森的。我从来不怕他——有些人像我们人生中的分号，你可能和他并肩坐着，但你们表达的永远都不是一个意思。

我坚定地相信自己的直觉，而后再找事例去证明，以显得自己的直觉很准确。对于这样的设定，我在三十岁前都很擅长。

我们相安无事地工作，在心底，我大概是想随时翻个白眼嗤之以鼻的吧，不会走得太近，也无暇留意他婚否、什么学历、最近在看什么书。即便在我上一本书出版的时候，他买了很多本，还专门告诉我，我也只是礼貌地、脊背僵直地说了声谢谢。

我对自己说，不是跟每个人都要成为好友。

一二一先生结了婚，我听说。我还听说，他的妻子身体有点不好，具体的我不知道，说走路有点儿问题，但他还是坚定地结了婚。

我听说了之后，说：哦。

直到这天首映。

结束的时候，我站在走廊里迎来送往，饥肠辘辘的，带着假笑。我看到一二一先生，站在厕所门口等人，挂着他那种笑。我们点了个头，然后我看到一个女人，从厕所里走出来，比较矮，剪着短头发，戴着眼镜，面目很普通的样子。她走过来，一拐一拐的。她尽量让自己自然，但仍然无法掩饰。她走近一二一先生，挎住他，经过我。

她带着那种明亮的笑，跟我热切地打招呼，而后说：刚才有人在问他呢，说，你怎么带着你的女儿来了？

她当然是自嘲，我笑了，然后我又为刚才自己的想法不好意思起来。他们看起来不那么般配，可在这一刻，我觉得她足够配上一二一先生。

我突然想起来了，关于一二一先生的八卦，说当时他和老婆结婚，顶着家里巨大的压力，他不苟言笑也好，走路像军训也好，总算是个——对不起，就是普遍意义上正常的人。

我不知道怎么表述，但我真心为自己的庸俗感到羞耻。她明亮地笑着经过了我，像一巴掌打掉了我偷来的苹果。

另外，一二一先生坚定地选择了这个他喜欢的女孩儿，即便有可能，对方会因身体的问题影响生育。

我一个好朋友，总是在做情感节目，里边有各种狗血的剧情。我怕她不能负重，她说习惯就好。我排斥看到这些，总觉得，没有什么天长地久，一切都是暂时的。

当然，一切也确实是暂时的，但一二一先生的暂时可能更长一些。后来我组合了一下脑中的信息，他已经早早地在老家买了房，大概意思等到告老还乡，和这个女人，安享晚年吧。

这是我见过的最惊心动魄的爱情。

虽然她只说了一句话，虽然他没有说话，虽然工作中我们依然擦肩而过，虽然，我还是不能成为他的好朋友，但这并不妨碍我说，这是我见过最惊心动魄的爱情。

/// 婚礼的真相 ㊞执

五月是结婚月，在我 28 岁左右的年代，火红的五月是我的“破产月”，我被“红色炸弹”轮番轰炸。他们，一对一对地，选择用婚礼的方式得到祝福，踏上红毯，开始全新人生去了。

昨天去参加的婚礼，宴开五十席，是我的同事，在北京的近郊。

说是近郊，已偏离市中心 60 公里，通知我们十点半到，我们肿着眼泡子坐定，遂开始“文艺演出”。从人妖表演到二人转，再到顶缸柔术、大变活人，绵延四个钟头。婚礼夹在其间，算是最温馨感人的部分。到午餐时，饭菜近乎微凉，好在不是冬天，大家也意不在吃。演出到人蛇表演环节时达到高潮，驯兽的美人还从下边请上一个嘉宾互动，把蛇围在她的脖子上，宾客都尖声惊叫，而后潮水般退去。新娘在堂前送客，满脸疲惫。

我真不知道，全民娱乐秀到了目前这个阶段，婚礼正向着春晚改变形态。全场婚礼最感人的部分，也只是婚礼开始时，新郎迎向新娘所在的白色帐篷，帐幔徐徐拉开，新娘唱：你是我最重要的决定……

立刻被感动了，竟然要掉下泪来。

你看，婚礼的内核，对人的记忆来说，就是一个点；而且这个点，往往无关宏大华丽，恰是最真实柔和的那部分。我也在台上大变活人的某时变得暂时欢愉，婚礼此刻变成一个莫名的背景，让人觉得好笑。所以，要想让所有客人满意，是个不可能完成的任务，而婚礼的真相不过就是，大家快来看啊我结婚了，仅此而已。

这样想的时候人生失去了很多趣味。比如梦幻般的婚礼是很多女孩的梦想，穿上婚纱走上红地毯的瞬间被文艺作品一再美化，可你的决定再重要，也只关乎你的，至于婚礼的样式形态如何、观者感动与否，终究变成很快就凉、雷同且记不住的婚宴，变成午后两点因为起得过早的倦意和不可名状的虚妄感。

我的另一个朋友，正在策划自己价值过百万的婚礼，哦，应该叫作婚典。她烫金的喜帖发过来给我，又约我们见面，聊流程，谈蛋糕的卖相，说现场的秩序维护，也强调要在温暖雅致中藏着惊喜。她是我最好的朋友，可要参加她婚礼的时候我只在乎她嫁给了谁，是否会更加幸福，而非婚礼的扮相，但我没有把这些告诉她。大家的状态都似《失恋33天》里遭遇富家女的王小贱，蔫头耷脑坐在房间里想创意，惊喜到底是什么呢？

结婚是件神圣的事儿，可到底还是个人的事，我之所以喜欢参加，年轻时是爱热闹，后来是发现你可以通过这个观察凡尘世界。除了宴席都很难吃之外，我更爱看人，并大可额外获得一些关于人生的思考，比如一代代的人怎么通过婚礼完成传宗接代责任的交接。当然，你也可以借此看到真爱，看到现实，看到可能即将被婚姻瓦解的友情，看到嫁女的微酸、养儿的骄傲，以及在这一刻格外浓烈的父母之爱。

结婚是将法定程序展现给需要的人看并借此启动人生新阶段建设的一种仪式，它古老、庄重，背负新人的儿时愿望、老人的面子问题、亲戚的口味和同事们深浅程度不一的看法。

所以婚礼很重要，因为它具有一生仅此一次的想象空间，所以它必须搭配钻戒、昂贵的婚纱、香槟塔，就连你手上的杂志，也比其他的贵十块钱。

当然，我还愿意相信爱，相信完满，相信美好的内容需要更美好的形式来承载；可我也愿意以我常年婚礼嘉宾的身份，告诉你作为新人你需要知道的真相如下：

婚礼是一件很短暂的类似开会的事情。

父母们对内容的要求没有那么高，他们在意的是到底有什么亲戚来或者不来。

亲戚的要求就更不高，甚至有一些希望早点儿结束。

任何完美的设计都需要发自内心，所以不要念婚庆公司给你们写的稿子，没有人在意你们是不是哽咽，或者说错了话。

不要执着于惊喜和细节，大家一般情况下记不住，婚礼现场最易受到干扰。

亮点不用太多，一个就好。

不要为小瑕疵难过，没有人介意。

几乎没有人认真地吃婚宴。

这样显得我好无趣，但我写完这篇稿子，还是要去想想怎么给我最好的朋友婚礼上的惊喜。毕竟，人被当成主角的日子，并没有那么多。

/// 疯狂的小朋友

执

一个小朋友在广州公司入职了，说要过来北京参加培训，我说好。

我安排了一下，让他每周跟着一个部门学习。他看起来耳聪目明的样子，第一周跟着某个销售总监，大概觉得事情很无聊，就跑去听影业的培训了，又显得很认真地，记着笔记什么的。

他以销售的身份进来，是要来熟悉产品的。我第一周的工作安排，大概的意思是希望他以销售总监的角度，来了解我们的产品是什么样子的，它的受众是什么——电视节目是特殊的，但也是产品的一种。

第二周，我安排他到策划部门实习，因为所有的客户方案都从这个部门出，这个部门是销售初期与客户沟通最多的部门，也是最了解客户信息的部门。显然，小朋友没有领会我的意思，要下班的时候，他到我办公室里求教。他眼神很明亮，看起来求知欲非常强，他问：请问我有什么可以帮上忙的吗？

我知道他的意思，因为有规定动作的工作更容易完成，而没有具体目标且需要自己管理时间的工作，更容易让人迷惑。

他觉得我没有明白他的意思，又接着说：其实我对电视行业非常感兴趣，所以，我想了解和熟悉更多的内容……

我打断了他的话。

熟悉一个新公司并不容易，尤其这个公司是一个综合工种汇集的行业。想了解更多的内容没有问题，但我的意思是，作为一个卖鸡蛋的，是不是可以先把鸡蛋的品种和价格记住比较顺理成章？

进击的小朋友常被新鲜感冲昏了头脑，这毕竟是电视节目，有明星、名嘴，有各种形式的节目甚至有电影制作。冲进梦工厂后开始对来往的行人感兴趣，像卖鸡蛋的小姑娘要去了解鸡的品种和养鸡场的规模。当然，这有助于你销售鸡蛋，但答不上鸡蛋多少钱一斤的人，根本没有机会和人聊养鸡场的规模和保障。

我是循序渐进的土象星座，我相信日有寸进，以始为终，是上学时全班为数不多相信铁杵能够磨成针的人。我深信不管哪个行业，都没有近路可走，窍门对我唯一的帮助是，它能够让我在着急的过程中变得没那么着急，但着急是必须的。

我告诉小朋友先从一个角落看起，再去浏览这个世界是什么样子的，否则永远流于兴奋，又失于兴奋，工作毕竟不是旅行。

我不爱讲这些工作上的道道，也没法说出那些逻辑完美但毫无用处的废话，我不认为目光所及皆是你可以学习探索的地方，做一个认真专业的人大概需要心无旁骛。我的一个好朋友的妈妈，常和好朋友交流自己曾经是高级技工的事情，大概意思是全厂只有她可以做螺丝做到甲等，而且必须由她亲自操作。她在那个岗位上做了二十年，后来眼睛花了，靠感觉也可以做到甲等。

她说起这些，眼睛发亮，似乎周身散发着光芒。她偶尔拿出那些劳动奖章来擦拭，像在和那个时代道别。我感动于一生只做一件事儿，虽然那未免枯燥，或许看起来没有进取心，但就因为可以获取的太多了，我们才一件件地，忽略和忘却了很多事情。

我常在会上苦口婆心地讲专业精神，这在这个时代依然是稀缺的。即便电视上有很多经典的模式可以照猫画虎，但那些模式的开创者，一定经历了专业专注的思考，并在每一个层面都达到精密的程度。

我深信，进击是需要这样的精神的。

当然，如果你敏而好学，我不排斥你除了这个，那个也能做得很好。但至少要先做好一部分，对吧，亲爱的小朋友?

我非常排斥职场心术。

在职场上讲心术的，都有点心术不正。

雇佣关系，完成工作，有什么心术可讲的。

这么说有点极端。

但事实大概就是，你的价值，是你不可被替代的部分，这是最好的职场心术。

重看一遍韩剧《未生》，就知道努力是存活下去最好的法则了。

以及，看官斗剧还能帮助职场升迁，这是我听到的最好笑的笑话。

谁有工夫和你官斗呢，当大家都努力工作时。

/// 做爱的代价

执

这么快进入生猛的环节，真是让人觉得不好意思。但这是感情里不能回避的话题，即使真的有灵魂伴侣，可若缺失了性的想象，你伴侣一下我看看。

做爱并不难得，但真正好的那些，常被我们收藏起来，变成不可流传的独家记忆；唯独那些坏的或者值得吐槽的，被我们拿出来做警告用，或者成为人生污点，变成别人或者自己打击自己玩儿的小型炸弹。

据我那个说话很狠的主编朋友说，因为对做爱不满意而分手的情侣，要高于因为情感不和分手的情侣；而因为情感不和屡屡吵架的人，又至少有一半因为贪恋对方的身体，最后选择留了下来。

这数据并不翔实，但也容易被理解。儿时我在老家生活，邻居家的年轻夫妻劈头盖脸地打架，老婆边挨揍边号叫，简直是每天的必备节目；到了晚上，老婆又换了另外的方法号叫，我和捉迷藏的小伙伴们都惊呆了。有时八点还没到，老婆号叫的时候，我和小伙伴们就去窗口偷听，后来被一个路过的大人赶走了。他脸上挂着暧昧的笑，让我终生难以忘怀。到了现在，我终于明白了为什么。

也有调查显示，遭遇家暴的女性有些选择不离开对方，是因为对方在施展暴力之后，会表现出极端的懊悔和疼爱，甚至会在施暴后和她们发生性关系，这让她们形成一种隐秘又刺激的感情体验。

当然，这是题外话，我这样发布出来，简直是要被联合国妇女署的工作组拉过去听培训；可仔细判断下，这也是有可能的——我们爱过的人，和给我们完美性爱的人，可能是两个不同的人。

三十岁之前，我们对做爱这事儿看得比较紧张；三十岁后，我竟然可以到性用品商店帮好朋友挑生日礼物。这是一种进步，她们接受的时候尖叫着狂笑着花枝乱颤着；在不损害别人的情况之下，这些东西应该是值得投资的，它帮助你了解自己的身体并享受它。

我的好朋友女高音小姐，看起来很文静的样子。她前段时间交了个男朋友，一切都太好了，以至于她自己都觉得，是不是上天在考验她接受完美事物的能力。她的唯一苦恼就是，自己的房子太小了，有次他们在房间里摆了好多气球过情人节，从浴室出来就踩得啪啪啪，从气球被踩得啪啪啪到真正啪啪啪，女高音小姐都没有停止笑和尖叫。

过程很美好，结果是，早上打开门要出去的时候，发现门上被贴了黄色的即时贴，邻居说：你们可以声音小一点儿吗？

这简直让女高音小姐立刻不美好了起来，她回溯了一下自己从热恋开始到黄色即时贴出现的昨夜，在楼道里脸颊发烫，恨不得立刻把自己家从这个楼盘里揪出来，抛到广袤的太空中去。

她几乎是尖叫着讲完了这些，而后她向我们宣布了一个重要决定：重、新、买、房。

这简直是我听说过的为了爱做的最彻底的事情，尤其是，女高音小姐和爱人异地相恋，对方一个月也就来一次。所以，很难想象，是她的声音太大还是邻居过于敏感。

但解决的办法就是，重新买房。她说面对这薄薄的墙壁和神经衰弱的邻居以及必须呼喊出的真爱，如果不把房子换掉离开这里，她将整夜无法安睡。倒腾房子的这段时间，她时时提醒自己，脚踏在地板上都放轻了，还要和爱人时时刻刻彼此提醒，像演一场默剧。有时候他们也做爱，每次，她都觉得有邻居从四面八方附耳上来，他们贴在卧室的墙上、楼上的地板上，楼下的则踩着凳子，脸和吊扇一样高。

在她没有成为神经病之前，我们断然支持了她这个决定。此时正好新政出台，她要为此多付更多的税，可在爱情面前，税算什么，睡才重要。

女高音小姐如愿以偿地搬了家。新居购置在东四环，那里有很多外国人，绿化极好，女高音小姐需要更努力地工作，以便支付高额的房贷与物业费。从大的角度来看，即便日后她与男人分手，这也将是件积极且有意义的事情，毕竟她享受到了更好的生活资源；而从小的角度考虑，或许换房子是早就启动的计划，只欠一张黄色的即时贴罢了。

女高音小姐把家整修一新，请我们到那里做客。女主人高调地坐在沙发上，线条美好又温柔，她说：嗯，我觉得这房子还是不够隔音，所以我准备装个双层窗户。

黄色即时贴的效应还没有消除，她说，搬进来的那天她也听到楼上有人大声叫了，确实很令人反感。

装窗户，必须立刻装。

/// 性爱电话

㊙执

性爱的方式有很多种，这个男人爱的是电话。

电话性爱有什么好的？还得拿着电话占着一只手！

他不这么认为，他甚至觉得，如果客观地来看，这简直是一种非常安全环保的性爱方式。

当然，在这之前，他是先爱上了电话对面的人。

他和暧昧对象长久地暧昧，并不见面。有时候在深夜，发微信给对方，说些温暖的话；这些话，次日就被晾干了，基本上很少想起。他觉得奇妙之处在于，对方也是这样认为的。

在这个很麻烦的世界里，这真是一件节省麻烦的事儿。

可他也不觉得他们是柏拉图，他们会谈到身体。一些表现，他们像恋人；一些表现，他们又像止于见面的陌生人。他们没有更充分的了解，可信任为什么会达成，他也说不清楚。

所以，他没有实体女友，也没有实体男友，他作为一个个体客观存在，以至于给我讲这个故事的时候，他也没有羞涩，他觉得这是一件好正常的、水到渠成的事。

他们的身份年龄差别都很大。他算是个成功人士吧，应该不缺女孩子。对方是谁他没讲清楚，只是说，年纪很小，会写丑陋的字，生活也拮据，吃了上顿没下顿的样子。他有的时候快递礼物给对方，对方就收着，很开心的样子；对方有时候攒钱，买个他根本用不着的东西，连快递都不用，自己骑着车，一大早到他的公司，把礼物放在前台，就走了。

他们始终没有见面。有时候他拿着对方可笑的礼物感叹，放在写字台上把玩一会儿。有时候对方会很懊恼，说这个月钱不多了，所以，礼物只能买小一点儿。而且，因为淘宝的问题，卖家竟然送错了颜色。

他笑得特别开心。

最终，他们也没一起吃一顿饭，他觉得，那真是一件好麻烦的事情，对方也说自己没有做好准备，觉得自己胖了，或者又因为吃火锅冒了痘，反正就是没有见面。他竟然也没觉得着急，止步于此，或许有一种妙处，像有个隐秘的爱人，对方时刻表达着真切的关怀，又没有现身。

他把自己最隐秘的部分，都给了一个陌生人，他竟然没有不安，这让他觉得，挺好的。

有的时候，他要求对方说爱他，对方就说。看着那些字，他觉得很开心，又平静。他好久没有这样对别人要求过了，也只有面对这个号码这个人，才可以放下心防，似乎做什么都不过分。

有时候，他会在对方面前耍耍赖，对方明明比他小，也照单全收了，像个温顺合适的守护者。

那天下了很大的雪，他坐在家里看着窗外，觉得世界好安静。然后他收到了一条微信，他突然想听对方的呼吸声，这在雪夜里显得非常诱惑，这样想的时候身体也有了反应，于是他们通了一个二十分钟的电话。一开始，只是听到对方呼吸，而后呼吸变得越来越重，后来他关了灯，像跟对方就在一张床上，然后一切发生了，最后欲望和冲动倾盆而下，他们挂了电话。

收拾完了，他收到对方的微信说，晚安。

这一夜，他睡得非常好。

他们继续保持着这样的状态，次日也没沟通。有时候夜深人静，他们彼此说句晚安，像真的紧紧抱着一样。

这是我听到的，爱的方式的一种。

后来我想，所谓爱情，不过是双方基于生理心理需求的一种设定。双方设定一致，则有两情相悦的感觉；一方展现得更强烈，另一方就有被追求被深爱的感觉；双方否定这些会导致分开，不再以亲密的方式愉悦彼此。

上述这种虽然很难定义，但也符合这种设定。他们选择用这种方式相爱，不仅是因为怕麻烦，大概还因为，只有这样，才能更爱对方吧。

/// 不能做爱君 ㊃

看《来自星星的你》，我也喜欢都敏俊。

尤其是他身怀特异功能，又长得好看，又有四百岁的阅历，放在中国的历史长河中，大概也能收藏不少的文物。我愿意当他的守护者，像张律师那种。嗯，一个能力弱的人守护能力强的人，一个短寿的人守护长寿的人，这真是一种美好的感情。

可他和千颂伊相恋，我也由衷地为女人犯了难。抛开剧情设定造成的浪漫唯美不谈，一个好男人，各方面都好的情况下，前边欲拒还迎各种心事不能接近非常虐都可以忍，真正爱上了不能亲吻不能碰真让人苦恼。

亲吻一下就晕倒了，要真的干柴烈火，还不得出外星人命？

所以对不起，男性的我在看《来自星星的你》的过程中，一直在为双方不能做爱而非常纠结。女性的角度不一样，我问她们：如果同样的设定摆在你面前，一个不能做爱的完美爱人，你会如何选择？

一部分女性说：嗯，可以忍，抱着睡就行。

一部分女性坚定地说：嗯，不可以。

一部分女性思考之后坚定地说：嗯，那我还是在更年期之后再遇到他吧。

奇妙的是，第一部分女性，大部分是已婚女性或者生了娃，看来这件事儿已经不是她们的生活重心，之所以选择抱着睡，大概是被抱着睡的机会也不多。

而另一部分谈恋爱比较少，只有过初恋或者还没谈过恋爱的年轻女孩，则选择第二种，她们的坚定来自对爱情的设想，比如，一个不能做爱的男人是不能加"完美"这个前缀的，她们接近于男人的想法。

另一部分，有生活阅历也有过恋爱经验，但现在没有固定男友也没有结婚的女孩，选择了最后的答案。甚至有人说，嗯，一开始能忍，之后，应该会出轨吧。这是现实中的女性思考，她们，终于被生活改造成了需要机会和条件，才会把爱放在合适位置的女人。

几个答案，很难讲哪个更加高尚，我的选择趋同于第一种，就是先抱着再说。我们最终都会变成一个现实的人，以至于爱情的光亮不在，欲望熄灭于日常琐碎，或者转化成共同面对困难甚至死亡的陪伴。

看电影《北京爱情故事》，我说这片子三观正，有人就来骂我，说三观正不正难道靠你说了算，我回了一句"脑子笨的当然很难分辨"，后来觉得太计较了，又删掉。我觉得它三观正的原因是，它对待爱情既不仰视，也不沉浸，只把它当作生活的一部分。性其实也是。这些都不是生活的缔造者或者毁灭者，真相是我们确实需要它们，和吃饭、睡觉、吃水果一样，只是获取方式不同而已。

于是我就在思考，如果千颂伊是个男人，教授是一个外星女人，其他都是一样的，这样的设定，是不是，作为千颂伊的答案几乎是一样的?

就是，如果不做爱，绝对不可以?

男人真是靠下半身思考的动物啊。

离

li

勇敢试错，勇于断舍离

很熟悉了，但又不可逆转，没法改变，像沿着指定的渠道，导流到让你伤感的大渠，像水流淌下来，落点已有安排。

不要做情感的勒索者，尤其是对方明确表达出不愿意的时候，有些事情要求不来，祈求更毫无意义。

不要做失败之后带有浓重 loser 感的人，那种受害者的语汇，最终只会指向你自己，比如“男人总是知道如何玩弄你的”“他当然知道怎么伤害你”，说得好像你谈恋爱是被迫的一样，当初你不也是心心念念冲过去拥抱的吗？任何被伤害者，都给了伤害者动手的权利。不要动用“遗弃”“伤害”之类的大词，它们的指向太明确，这只会让你觉得自己更可怜，更具悲剧意味，谁会喜欢悲剧呢？

不要去分析自己没有得到爱的原因，更不用聚众分析，好朋友要用来帮助缓解伤痛。绝不要做“他为什么不爱我”这样的课题研究，没有人能够替你解开谜题，除非他们都愿意直接说出你的不好，可你的不好也未必是造成分手的原因。在分手这个题目之下，这样的分析毫无意义，再美好的人也可能有人不爱——你本来是明白这个道理的，尤其是你并没有那么完美。

悲伤要有个期限，即便从心理学的角度，这也是一个逐渐接受和恢复的过程，你会经历“愤怒—痛苦—承认现实—逐渐妥协”这样一个过程，而它有多漫长，取决于你在各个阶段对自己的态度。愤怒期你要多想想他的好；痛苦期多想想他的毛病；承认现实时要不停告诉自己是两个人不合适，不是你自己的缘故；逐渐妥协的时候，要赶紧劝自己找到新的世界；但如果你在此时再次愤怒，怨他为何不好好对你，恭喜你，你又进入了死循环。

要完善自己直至自己也满意，这应该是失恋带来的最积极的事。失恋是一种自我价值的被否定，不可避免地给我们的自我认知带来重创。成熟的人会借此发现人生漏洞，哪怕是看人不准的漏洞。每一段恋爱带给我们的都该是更进一步的完善，变成更好的人。

我烦自己说这样的话，你也完全可以不用听我的，继续沉迷；如果你人生没有别的事做，这样反刍或许能让你觉得自己是个有故事的人。但是，告诉你哦，如果一个人的爱情体验全来自这些负面的东西，你会一直如此，根本停不下来。

昨天喝酒，再来一瓶的时候，大腿撞了桌子角，生疼。

疼是这样的，是一个逐渐减退的过程。

失恋也是，我一直都主张给失恋加时限和权限。时限自己定，但不能太长；权限自己定，但不能花钱到破产，不能胖。

应对失恋，最重要的是，要相信还会有自己更爱的人出现。

失恋是人生中的任性瞬间，可以撒泼打滚——在不妨碍其他人的情况下。

失恋也是人生的苦口良药，甚至可以促发出作品，比如动人诗句和伤感的情歌。

失恋的时候别喝大酒。

喝完大酒别逛淘宝。

逛完淘宝别随便爱上一个人做补偿。

以上。

/// 让只喜欢自己的人继续孤单 ㊋

分手没有什么，如果你不那么爱一个人的话，那不过是解除一种约定，用“我”代替了“我们”，甚至因为口头契约的解除，人会呈现精神焕发全身舒泰很放松的状态，就像你丢失了宠物，固然日后会因怀念而痛苦，但之前你因为它受了太多的困扰和累，你暂时会有一种令人羞耻的……轻松了的感觉。

这是一个刚分手的人告诉我的话。

我很难定义他爱不爱对方。

他被她示爱的时候，正在经历一种持续的平淡。那种日常感，像到了四点天要黑下来了，这一天又什么都没有发生的感觉，但他也不承认找一个爱人是必须的。他每天上班下班，和朋友约着吃饭，购物逛街开车回家，拎着大包小包回到自己租住的公寓楼。除非天气特别冷，他很难觉得自己孤单。

确切地说，有时候他庆幸自己的孤单，他太爱那种东西放到固定位置，很容易找到的感觉了。同样地，他太害怕那种两个人生活失去秩序，找东西需要询问对方的困窘。大部分时候，他也不是一个人，好朋友像可供购物和开餐的便利的大型商厦，可以随时接住他，他没空寂寞。

甚至后来，他已经可以从容地一个人看电影。到最高级别，他也能去一个很好的餐厅，点一人份的东西，细细吃一顿午餐。

性爱也不那么稀缺，尤其是在这个世界，他有固定的双方都认可的关系，可以两不相欠地轻松无虞地在一起，而后分开，过各自的生活。

他说他很爱早上起床身边有个人，自己缓缓伸手过去抱住对方的感觉，可似乎并不容易得到。他很少住在那个人那里，也很难接受自己身边多个人的感觉，所以，清晨的拥抱并没有那么容易获得。

她表示可以爱他的时候，他还没有准备好进入一段关系，但或者那时他太寂寞了，假期过于短，无法安排行程，她的出现，恰巧填补了一种空白，那种吃完大餐酒足饭饱月亮正好的时候，一个好看的人的出现，让从不怕孤独的他略显孤独。她是那种年轻的看起来各方面都不过分的女孩，对于他最大的意义在于，可以修正孤独，又不会吞噬掉他怕被侵占的内心。

至少开始的时候，事情是这样合理发生的。

他们在一起了，共度了很多个日夜，性爱也很和谐，这不算难以启齿，甚至在某些高潮的时候，他都确定自己很爱她。

她也不像他之前的其他人，比如做爱之后就推开了，或者在被子中间压出一条直线，两人直挺挺互不侵犯地睡到第二天。

次日，他还会抱着她，亲吻她的头发，像每一个处在爱里的缠绵者。两个都有一些渴望、略显孤独的人，在这段关系里的这个时候最和谐。

只是这并不完整，尤其是，她发现他根本不想完全嵌入一种关系，更不想在众人面前呈现成双结对的状况。她渴求除了和谐之外的安全感，并不只是在床上欢愉时候的“我爱你”。她开始寻找生活中更密切的被需要的感觉，可他总是似有若无的、情绪清淡的，不说过头的话语，没有冲动的举止。

她被静默逼疯了，于是提出分手。安全感没有因此被验证，果然，他像没那么需要她一样，寡淡地同意了，甚至没有挽留。

她应该是失望吧，但都市好像不允许悲伤，融入人流当中，她立刻变成一个有点落寞的普通人。这不值得记录，每天都有这样的故事在发生。

还是冬天，早上的时候他觉得被窝的一侧有点儿凉。他活动了一下筋骨，继续去工作了。不是周六的早上，没有必要赖床，温暖没有意义——他这样告诉自己。

应该没有那么爱，或者爱得没有那么执着。

你得承认，世界上是有一种人，他们在感情上投入的精力，和对待宠物并没有不同。大部分的相遇，只是因为在对的时候，遇到了一个还算对的人；大部分的分开，则是在不对的时候，遇到了一个不那么对的人。

这不遗憾吧，让孤独者继续如愿以偿，算是一种公道。

我也是很后来，才慢慢理解了很多人。

就是情感不是他们的必需品。有的人把情感当成氧气，有的人不是，他们把情感当作点缀，你得知道、了解、懂得，才好和他们相处。

当然，也许只是不爱你罢了。

这很残酷，但也很准确。

一个人在你这里什么都不行，在另一个人那里可未必是。

我的一个朋友，不怎么爱说话，很沉默。一天，我跟他女朋友聊天，我说：你们在一起不闷吗？

女朋友说：闷？他那么爱说话，怎么会闷？

你看，这就是差别。

而那句话怎么说来着？强调一个人和另一个人的差别，是一切不如意的根源。

/// 让试探狂滚出朋友圈 ㊋

好朋友是个女的，大龄了，当然，是从普通人的视角。在我的眼中，她高大爽朗，白羊座，见多识广，英文很溜，工作卖力，又善厨艺，是个值得娶的好女人。

当然，这是在我的层面来看。别人又问，你为什么不娶她？我只好讪讪地回答说：嗯，不是每个值得娶的女的都要娶回来。

是的，好男人太缺少了，尤其是你看着那些网上中年危机和愤怒的，再回照现实中那些油汪汪的大脸、高腰带、半袖衬衫和大肚子。女人一过三十难找爱人，说得也是啊，三十岁上还能看的未婚男人基本上就剩下 gay 了，那些保养得宜、有腰有肩膀的，早都被人收了去。所以，这个好友，到了这个尴尬的年纪，像给父母丢了人似的，在人生所有的层面都还过得不错的情况下，没谈恋爱这件事儿成了人生污点。

这是父母的心病，是她不得不去面对和完成的一件事儿，然而路遇的男人们，最终被她处成了好哥们儿。她个性就是这样的，又爱玩儿，事儿又少，不用别人照顾，很少展示女性特质——除了“大姨妈”来的时候格外痛苦之外。可在“大姨妈”来的日子里，她就抱着热水杯在家里躺着，也很少有人知道。

这些天她新交往了一个，被我称为“二手男人”，据说之前有段不长的婚姻，在人生中长度堪称微乎其微。可即便是于我们这些见过世面的，这依然是一个被贴过标签的二手箱子——不带任何鄙视的意味。

他对她似乎有些流连，又绷着一股子劲儿，要近身又有点犹豫的样子。偶尔很密切地在微信里说着话，偶尔又两天两天地不联系；有时候说些暧昧的话，有时候又很正经；有时候走路都要错开一个身体的位置保持距离，有时候又深更半夜地给她串出一副手链。

一个男人，在灯下给你串手链，你想想这个画面，也是够了。

反正就是约着吃了几次饭，也没什么大进展。好友有点儿想放弃他，他似乎也没什么意见的样子，又发来短信不咸不淡地说话，说什么要带好友见父母。好友被整蒙了，她说：我们什么关系啊，就带我去见父母？对方说：迟早也要见的啊。

好友咨询我，我说早该让他滚蛋了，一个对你表白都不够用力的人，在这份关系里明显地没有担当也不想担当；但这话我说了又有点后悔，觉得，只要是个人又愿意跟你暧昧，大概还是有点值得期盼的吧，何况这好友，也真没那么忙。

这时候正是七夕前夜，我为自己很久没有写出好文章懊恼，天气一天热过一天，下了大雨也只是多了点潮湿罢了。我坐在沙发上叹气，喝了一口茶，想，明年的西瓜一定不甜。被好友的问话，带到了一个混沌的空间里，相处、爱、获得及失去，在这样的大城里，似乎都被懒惰挤压，没有剩下什么。

难道，爱情真的是件只有年轻才会发生的事吗？后来我们都太想着自己了？谈这个好费劲哦。

另外一个小朋友，女孩，看起来文文静静的样子，开着辆宝马，性格很好，不怎么大声说话，吵架大概也需要使用扩音喇叭。她大概爱着一个成功人士吧，对方有自己的公司，缺点是日夜都忙，她大多时候都是一个人，问起来都是对方在开会、在看片、在各种出差当中。有一天她跟我在QQ上说：嗯，分手了。我不知道她哭没哭，我说好吧。

这大概就是一些可以看见的我身边人的感情状况，显得并不够好，尤其是在七夕这个时间想起来，还是挺糟心的。可像我这样目前心里没人的人，大概也不会在意这样的节日，甚至因为满街看起来很丑很麻烦的情侣，自己需要躲起来，总觉得，嗯，在这种节日里出来是件很丢人的事儿。

可我也想起，我热恋的时候，也在情人节排队吃晚饭，然后看一场电影，回家睡觉。嗯，看起来很完美，其实，对方不大喜欢这样的安排，我知道。

其实，我也知道，只是对方不大喜欢我罢了。

七夕终于还是要来了，还是会有很多劣质的玫瑰被运到街上吧？

小朋友跟我说，她要去买花，她问我要吗。

我说我不要。

我准备晚上去看场电影的首映，然后回家遛狗睡觉，另外想给那个大龄好友发个短信说：你就死心了吧。

没有感情的时候还真是不怎么烦恼，那些想得到而不能得到的人才有烦恼，那些爱上不爱自己的人才有烦恼。我希望，自己不要保持这样平静的没有烦恼的生活。

世界这么大，你可以不用只想一件事。永远都是还没得到的时候最完满。

这两年，身边朋友为情所困的少了。

年龄一大，自己都能开解自己。大家喝多了都不聊感情。聊政治，聊健身，聊房产，觉得这些值得聊。

有时候再喝得多些，就聊量子力学，讲此刻的宇宙观和世界观可能会被颠覆。

基本上到这个时候，局儿就该散了。因为我们的学分，基本上用得差不多了。

大家临走的时候，就说一下共克时艰、抱团取暖之类的话。

我觉得不是情感不重要了，或者不存在了，而是，聊也没有价值，开解不了任何人。痛苦都只是说说。

最后你发现，有这种烦恼也挺好的。只是，别构成伤害就好。

因此变得怨怼丑陋，真是挺没意思的。

/// 自己给的狗血 ㊋

这天我的狗咬了邻居家的 Lucky，从时间地点人物上，这狗都太名不副实了，它真不 lucky。

正好是早上，我睡眼惺忪地牵着狗下去遛。你知道，两部电梯同时落地的可能性是非常小的，但在这一天却发生了。其时我正在盘算一顿好吃的午饭，时间是八点二十分。我和皮卡都起猛了，也不知道为什么。

像就是为了奔赴这场早上的血战。

然后电梯门一开，皮卡冲过去，惨叫立刻开始了——不是我的狗，是那只叫作 Lucky 的混血八哥犬。再仔细看的时候，它的耳朵已经在皮卡的嘴里。这只平时耀武扬威擅长叫唤的短腿狗，耳朵成为皮卡口中之物后，不免进行了杀猪似的抒情长吠，伴随其中的还有 Lucky 家长泪如雨下姐姐的哭声。

半个小时后，我已经开着车带着负伤的 Lucky，还有已经泪如雨下的泪如雨下姐姐，奔驰在三环上，找合适的诊所给 Lucky 看伤口。心跳刚刚回复平稳，我在想早上发生的一幕一幕——如果不是今天起得格外早了一点儿，如果不是我昨天喝了一杯巨大无比的柠檬茶，如果不是两部电梯同时落地，如果……

嗯，这个时候，总有希望先生的微信传过来，在忙碌、歇斯底里、尘土飞扬、脸贴地道歉后的早上，在后座上泪如雨下姐姐的低声哭泣当中，这种汇报感情进程以获得关注从而得到心理支撑走下去的内容，显得非常不合时宜。

我说：别烦我，我正在处理狗。

他喋喋不休地说：你说是不是很狗血，对方竟然搬到了我的楼下？

我看着Lucky耳朵流在后座上的血说：嗯，真是狗血，狗血！

对，人生没有巧合，大部分狗血，都是我们自己赏给自己解闷儿的。就像你想换手机的时候，它总是适时地摔坏了，是不是它太懂事呢？当然不！所有看似天意的事情，都少不了我们下意识的推波助澜。

总有希望先生的狗血故事当然是从勾搭开始的，也无非是机缘巧合地认识了对方，比如当时适逢下雨，或者还有其他佐证，反正在总有希望先生口中，这个故事的开端是独具特色的、和他认识其他人不一样的、看似难以复制的、显得倍有希望的、分外不同的开始。

其实最不同的是，对方还有男友，只不过两人的感情在崩溃边缘罢了。

总有希望先生的出现，在对方眼里是什么样子我不得而知，但设身处地想，也无非是逆水行舟中遇到的一阵吹在后腰上的劲风罢了，凉快了一点儿而已，不影响速度。

故事当然就飞流直下地向前发展：对方的感情也终于破裂，对方从远在上海，到决定来北京工作，到选择租住在总有希望先生所租的公寓，这在总有希望先生看来，是件太有希望的事儿了。

当然其间包括：暧昧的微信交流，貌似很带感的对未来的设计，谈及简单的旅行计划。这些可能只是普通交谈罢了，但在总有希望先生眼中，却是恋爱逐层深入的过程，理由强悍，不可摧毁，他说，不然对方怎么不和别人说？

对方和别人说你能知道吗？

但还是不能近身，对方总有理由，比如情感刚结束不想立刻开始，比如突然就困了，比如走着走着就累了，比如在总有希望先生连续上门送水果之后，竟然说：你给我点儿自己的时间好不好？

只有我家的狗不知道，一个人对另外一个人和另另外一个人，呈现的状态不同是正常的；爱的人不知疲惫，不爱的人天天喊累。

总有希望先生放下水果，很沮丧地回到自己楼上睡觉去了；当然他也没失眠，甚至他还给自己希望说，一切还好，只是自己太着急了。

在爱里弱势的一方，常把对方的不愿意，归结为自己太愿意。如果他们愿意，他们还可以为对方编撰更多的理由。这真是人生一大陷阱，就是别人不宽恕我们的时候，我们自我宽恕。

于是总有希望先生问我到底要给对方多少时间，我只能说尽可能多吧，或者，把所有的时间都给对方。总有希望先生还在计算多长时间联络对方一次的时候，对方已经开始认真地在北京生活。

这天和总有希望先生吃午饭，他讲这些故事，我说以上的话。他没有都反驳，只是垂下脑袋，说如果对方真的讨厌我的话，怎么会还跟我联系啊？怎么会还租住在我的楼下呢？

所以说，希望都是自己给自己的。联系有很多种。楼下恰巧有空房，到陌生城市有个熟悉的人在楼上住着踏实，这样朴素的理由，在暧昧者眼里毫无用处，因为不美，丧，没希望。

我说你试试看，连续三次对方找你你都拒绝。这种方法类似于，不懂电脑的人也都知道的，当电脑抽风的时候重启一下。热情一方的人突然失去信息，对另一方来说是失衡的状态，失衡状态下的人自然需要调整，调整中凸显前者的重要，也让总有希望先生更有希望起来。

果然，对方主动联系他，他就说自己在忙，直到有一天，对方发来短信说：你到底什么意思呢？

我不知道总有希望先生回了什么，他很满足地截屏给我时还没有回复对方，然后发了一句话说：你真是太牛了。

我就说，道理从来都不是我的，它一直都在那儿。状态像是在浴室里扔了肥皂的大师兄，心理活动是：孩子，只能帮你到这儿了。

我后来终于还是问了他一下，因为我是一个负责任的作者。果然，在他回答对方说“没什么啊”之后，对方就真的认为他没什么，也没再理他了。

总有希望先生看起来很有希望的故事就这样结束了，一点都不狗血，至少，对不起对方狗血地租房到他的楼下。可我也庆幸他没有去做替代品，在减肥领域有一种叫作“代餐”的东西，它们富含营养，但终究，不是饭。

爱从来不是攻城略地，但其实也是，它的残酷就在于：有时候，我们根本无法决定对手是谁，也无法确定对方是否愿意参战，但有一个原则永远是对的，那就是不要死缠烂打，要留有余地，要适时鸣金收兵。

如果你不理对方三次，对方不再理你，恭喜你，你已经有所收获，而且你都可以三次不理对方了，心理上，你已过了一关。

还有就是，狗血事情的发生，都是你自己愿意让它发生。

且祝总有希望先生安好。

我挺期待狗血的故事发生的，最好是好的那种。

但大多数让我们瞠目结舌的，电视剧都不敢这么演的，往往每天都在发生。

大部分的巧合，都是我们自己在意罢了。像什么呢，像你永远都忘掉赶上的火车，但偶尔误一次飞机，你就要记很久。

像这个故事里的事情，在我身上也发生过，我后来习惯了，便没有再等待过别人，或者在等的时候，要做点事情。

我的健身老师对我要求严格，他跟我说：你的肩膀，要时时刻刻地打开，提醒自己，要有个好的站姿。

他说，强迫自己成了习惯，习惯就留下来了。

我后来就是，不管等不等别人，我都打开自己的肩膀，最后，即便没有等到来的人，我也赚了一个健身时间。

/// 经济制裁分手的男人 离

不知情小姐被男人分手了。

是的，即便是分手这件事儿，她也同样不知情。

她是个90后，长直的黑头发，喜欢穿素色的衣服、窄脚牛仔裤，单眼皮，坐在那里的时候露出锁骨，还像个小女生，整体很好看的样子。我挺喜欢她的，开玩笑说她是我女儿，如果我有个女儿她也应该是这样的吧，气质那么清新那么好。

我当然关心她的情事。她告诉我，她男友自己创办了一家公司，大概是做些电影宣传之类的工作。我见过这个男人，长得不高，会说话的样子，戴着眼镜，很有亲和力。

我常取笑她是一个人，问她男友去了哪里。她常说不知道，或者说，大概在开会吧。每个创业期的男人都那么忙，但我没告诉她，一个人爱你是不会这么忙的。我笑她，她就用小拳头捶我肩膀，打得有点儿疼，但我想她不知道吧。

也没见过不知情小姐哭，我想她哭起来应该挺好看的，没有声响，瘦小的双肩轻微抖动，而后眼泪摔在地上，打在白色短裙的蕾丝花边上。

有一天，她对我说分手了。

我找了个机会见她，她还是没有哭，连眼泪汪汪都没有，眼睛转来转去的，像还不知情的样子。我问：对方挽留你了吗？

她说：没有啊。

我说：那他难受了吗？

她嘟起嘴说：不知道。

她是我见过的为数不多的嘟嘴很自然的女生，而后她不再说话，又捶我说：真是的，我刚给他买了大电视。

忽然我又想起，有天她说，她给男友买了电视。我问：他高兴吗？她说：不知道，反正就一直玩电视，没玩我。

北京女孩，20 多岁，大把青春，还有很多机会，就那么等着，我常觉得有些惋惜。她又说男朋友交往太久了，连她妈都当他是半个儿子，哪有那么容易舍得。

我说：你们会和好的，不会分。

然后进入了一年中最忙碌的时候，天气又很热，我没有心思管她。偶尔她在网上跟我说两句，又帮我记着交稿的时间，我写了就发给她，她再发给出版社。

那天写得太难看了，晚上还是勉强发给了她，第二天她说：写得不顺吧。

她是个聪明的女孩，能看出来这么多，可她就是不知道自己的男友在干什么。

我和别人聊天，有点儿感慨，发了条微博说：你和他的关系是，你爱过，对方没来得及“取关”（取消关注）。

发出去的那一秒，她立刻在 QQ 上跟我说：你在加班吗？

我说是。

她说：男朋友要给我十万块，说算是补偿我吧，我不知道怎么办。

我说：要啊。这样他就踏实了，你也可以死心了。

可我明明知道，一个人爱着另一个人的时候，是没法要对方钱的，但这笔钱来得恰当时，它足以让她死心吧。

就当是丧葬费也好。

我说得好难听，不知道她在对面是什么表情。她说：可能是觉得愧疚吧，希望我过得开开心心的。

这几乎是我听到的最好的分手善后方式（希望不是因为我是个金牛座），乐观地讲，他至少承认了他爱你的过程中带给你的伤害，希望能够清除你带给他的影响，那种责任感或者爱转化成现金，变成了十万个不好意思和道歉。他在说，对不起，没有陪你走到更远的地方。

悲观地讲，他不再爱你，需要找到出口解脱，让自己变得心安理得，他会觉得：我是对不起她，但我补偿了。

而后你收了钱，存成卡留作纪念也好，买了新床新床单新被子也好，总之要开始新生活的，为什么不让他助你一臂之力呢？

我为自己的想法感到羞愧，又由衷觉得，人的长大，大概是学会见好就收和……接受现实、成人之美吧。

她沉默了，说：我想想吧。

然后，她说：我还是……好好找工作吧。

我说：嗯。

我不知道她有没有哭，有点儿心疼她，又觉得这是她该承受的。不知情小姐需要长大，长大就能知情了。你要了解，一个很忙的男人，拿钱来安慰你的男人，不给你解释的男人，都是不再爱你的男人。

我知道，她还爱着他。

他没有了。或者，还有一点儿，像哥哥一样罢了。

我现在理解了很忙这件事，因为我也忙起来了。

当然，在热恋期，其实再忙也会抽出时间谈恋爱的。

我的一个朋友，演话剧，每周只休息一天。

每天很累，也抽出时间谈恋爱。

很多创业的男人，脑子变成单核的，对他们来讲，当然是工作的事情最重要。

而男人，一旦调节了重要性的等级，其他事情都可以暂且忽略不计。

用数据来说，如果大脑有百分之百的空间，大概最重要的事情占掉了他们的百分之九十。

女孩们以为自己会占据剩下的百分之十。

NO，他们还需要休息。

现在，你能理解了吗？那些不回你微信却在朋友圈里点赞的男人，有种可能是不够爱你，也有种可能，他需要休息。

/// 进击的小三

㊋

一个三十岁的上海女人，最近遭遇了小三。

每个正室，都有可能面临小三的进击，如同那动画片里，你铜墙铁壁，巨河环城，也不能阻止。

说什么世风日下，人心不古。暧昧就像空气，像雨水，在你不知道的地方，以你不知道的方式，包裹或者打湿了你的爱人。

可你又浑然不觉，以为一切不过是理所当然，习以为常。

要面对这些，当然是件难过的事情，又因为自己还爱着的原因，抽丝剥茧，想接近更多的真相，接近更多，就失望更多。

妈的，生活根本不是更多选择更多欢笑，原来终是好奇害死猫。

尤其是，被一个陌生的号码打扰，说是小三的闺蜜，立志要维护好朋友的情感，言语铿锵，不容争辩，奉劝姐姐管好丈夫。

真是彪悍的小青，理直气壮的好管闲事者。

事业正在上升期，容颜略有一点点塌陷，大房子的贷款还没还清，公公婆婆以礼相待，夫唱妇随正想着孕育下一代又苦于没有机缘怀孕。

伤心在所难免，我们养了狗，修了阳光房，看了新车型，不是正按照一直走下去的方式铺排着爱和生活吗?

愤怒让好日子一分钟变形，之后才是修复、接纳或者斩草除根、功亏一篑。

男人又流泪，又申辩，可流泪和申辩都是“一切都是真的”的佐证，像为了证明，电话里说的都不是谎言。

她精疲力竭，无法停止对真相的探究，又无法修复真相带来的震惊和刺痛。

她在好友面前流泪，无所适从，可内心似乎又有答案：三十岁不老不少，恋爱七年，痒成现在的境况。

她又求助大师。

大师看也不看，拿了生辰八字，在纸上画画，说她这三十年的经历、父母状况，都准确。她毛骨悚然，原来真有宿命?

求助都不用她自己开口，大师说，离了，则孤身一人。

大师又说，孤身一人，也好过跟他将就。

大师转身走了，留下她默默流泪。

她与男人对质，又通知对方父母。这是大事，要有人关照。电话打完，男人安静没有声响，她像把行李放到传送带上，默默目送，不知终点。

日子要过，选择成了一种折磨。

再碰到她，清瘦了一些，她看着手机，又跟我说：到了三十岁，你还确定爱着一个人，是很重要的，哪怕对方像一只猫、一坨屎。确定非常地重要。

我觉得这种理念不对，可又无从辩驳。

那是我无法体会的生活和情感，我从没有和谁，像骨肉一样如此紧密。

然后我说：不管你怎么决定，我都支持。

生活没有面子可言，离不开就是离不开，底线只在内心。

且，有时候，底线并不由人。

上，是一种勇气；撤，也是一种勇气。

真是好有腔调。我的态度是，认真承认，好过自欺欺人太多倍了。

这时候天气渐冷，大风狂吹，室内是温暖的。世界就是如此，给你凛冽，就给你抵御凛冽的方式。

生活就是这样的，你想优雅度日的时候，总能给你一脚。

你以为摔倒了就没事儿了，结果发现，还有倾盆大雨浇你一下。

只好变得越来越强悍了。

人的抗击打能力，都是被事情推动的。常常想着没有什么事情是不变的，大概可以解决很多情感上的重创。

一个朋友说：我勇敢的时候，是觉得自己不怕失去的时候。

说得很容易。

/// 世界与你无关 ㊋

30 岁后，我发现，世界与你无关是一个需要明白的道理。以前看过的一部韩剧里探讨了生死的话题，它说人之所以恐惧死亡，是因为害怕被忘却，你不见了，但世界依然如故。

这么绝望的话似乎不合时宜，但生活和人生都是如此。世界与你无关，我想讲的应该是人和世界打的交道，到最后，全都作用和反映在你这个人身上。你是乐观的，你是忧郁的，你兴高采烈，你充满愤恨，其实都不重要，世界没法帮你，能帮你的就是你自己。

很多人不知道这个，当然，在更小的时候我也不知道。把情绪交付给世界，并任由它肆意妄为，折磨自己的同时，折磨好友、同伴和家人。现在想来，不知道那股子忧伤从何而来，似乎世界都在负我，后来明白，它哪有工夫理你。

我逐渐变成了一个理性的人，也包括控制自己，不纵容情绪，不把自己放在负面的地方。那是一种玄妙的感觉，就像自己是床被，有时候被铺展开来，有时候要拿到阳光底下晒晒，有时候又可以揉得乱乱的，看起来也很舒适。我庆幸自己可以做到这些，保持冷静，又很从容，这是难得的事。

认识一个小朋友，双鱼座，有时候忧伤，有时候负面，大部分时候对人生充满未知和疑虑。也是，才 20 岁，本该这样的年纪，但说话的时候像经历了很多，谈恋爱的方式也很极端。比如，给爱人发短信，她会说："不想让我烦你是吗？"对方很惊讶，回复说："我没这么说啊。"她接着回："那你为什么不主动说想见我呢？"于是，一场新的争吵发生了。

我看着就笑了，也是，年轻岁月，不吵架也没更多别的事儿做，或者也有忧虑，但都小，若干年后，看起来，只剩童趣了。

而后小朋友很苦恼，求助我。我说你真逗，别人没表达过的意思，就是没表达过啊。从心理的层面上来讲，基于安定稳定的内心来看，对方没有表达爱，但有爱的行为，就是在爱着你；从负面的角度来看，对方有爱的行为，但不表达内心，就是形迹可疑，就有太多的问题值得追究。

最后你发现，岂止世界，爱人也和你没关系。

所以，让我们保持自我，保持乐观，保持世界与自己的距离，保持内心的硬度，保持敏感及开心的能力，并学会控制自己，与安定相依相伴。

发现自我是件厉害的事情，永远都有余地。

我最近爱上了跑步，到了什么程度呢？就是一天不跑，惶惶不可终日的那种。

体重在减轻，每次上秤都有要发工资的喜悦。

其实我也不是为了怎样，只是觉得好奇，如果一直保持锻炼会怎样呢？

大概就是这样的想法。

人，总要和自己对抗的。每天都做点为难自己的事情，日积月累，没准就有大成了。

即便没有大成，也知道了，哦，原来没有大成啊。

还是很开心的。

/// 谁要你的破礼物？ ㊋

后半年谈恋爱是最吃亏的。

因为在国庆节长假之后，你将迎来漫长的冬天：非常贵的棉衣外套，还有接踵而至的大节日——圣诞之后是新年，新年之后是春节，春节之后是情人节。它们太大了，以至于无法回避或者假装视而不见，这足以挑战一个正在恋爱的人的审美、格调以及对礼物的选择能力。当然这些，也许会在未来恋爱终结的时候，成为你难以忘怀的、接连不断的一笔烂账。

在漫长或者不长的恋爱里，礼物都被当成重要的道具使用，但我一直认为，这其实都是送礼物者自己的事儿，是送礼物者为了示爱所必须付出的代价。

是的，表达爱，是恋爱时的重要心理需求，表达爱并获得充分回应能让你得到满足感。但这，又确实是一门技巧。在我的爱情观里，我总认为把自己所爱的东西分享给对方是一件很有意义的事情，包括打扮对方、给他戒指、送他通信工具，或者让对方更加漂亮或看起来更威猛，可这些归根结底，都只是送礼物者自己的事。

既然是自己的事，判断这件事儿的标准就变得非常简单，即：这是不是你愿意给对方送的？你买得起吗？你真的认为这个适合对方吗？

而不是其他的愚蠢的判断标准，包括：对方会很喜欢吗？他会因此更爱我吗？他是不是应该特别爽，而后也买同样的东西给我？

这些非你控制的，都不该在你的考评体系之内。我常见一些朋友为此执着，甚至他们认为，礼物送出之后得到回馈是必须和应该的，甚至为这些回馈设置了相当的标准。最后他们当然非常失望。嗯，活该。

因为，现实的残酷在于，即便同一个东西，被不同的人送出，得到者的感受是完全不同的：007 向你抛媚眼，你心旌摇荡；王宝强靠过来的时候，你或许会大打出手。人在爱中最容易犯的三个错误就是：常常觉得自己不同于其他人，应该获得更多，以及，在自己足够爱对方的时候必须得到反馈。可凭什么呢？在你拒绝王宝强的时候，你的 007 为什么不能拒绝你？你凭什么觉得带着个哪怕很贵的破礼物，就可以俘获对方的心？或者你凭什么觉得自己楚楚可怜爱得深沉，对方就必须对得起你？

这些混账话，其实是非常正确的话，它们适当地告诉了我们，除了买礼物这件事儿，我们不可控的太多。

朋友道格先生，没有使用过 iPhone 7。这个产品出的时候他正在一段恋爱中，他好爱对方，所以他买来一台本来要自己用的手机，送了过去；当然这段恋情后来黄了，道格先生至今看到 iPhone 7 还觉得有点儿心痛。次年 iPhone 8 出来的时候，他又在一段恋爱中，对方好爱他，送了他一台本来自己要使用的iPhone 8，他收了下来，因为不收对方好痛苦，像当年的自己一样。

后来这段恋情也黄了，道格先生用着 iPhone 8，突然明白了 7 用户的心情，那种被迫的、被爱意挤压的感觉，满满当当的期待带来的压迫感，其实并不舒服。那些贵重礼物营造的沉重感，在不怎么爱对方这个基础之上，令人非常不悦，可又无从拒绝，可又不想感受。

道格先生立刻明白了：哦，原来，礼物是什么无所谓啊，真的要送对人才行。

当然，我不会写那种恶心的专栏，比如告诉你买什么东西可以俘获对方的心。对方的心不会因为礼物被你俘获，你又不是圣诞老人，其他人教的那些已经够了！

我只想让你知道，礼物是必需的，且只和你自己有关。

我第一本书《人生需要揭穿》里有两句话被广为传播，虽然我是那么害怕自己成为炮制“心灵鸡汤”的人。

这两句话，一句是“好爱不费劲，真爱都勇敢”，一句是“爱的能量是守恒的，你在这里失去的，在别的地方一定会得到，犯贱也是”。

我今年收到最好的礼物，竟然是个电子开瓶器。

每次开红酒时折磨我的噩梦般的瓶塞子，终于被科学解决了。

开瓶器发出均匀的滋滋声，再将瓶塞拔出，发出一声清脆的响，真是科技拯救愚笨的人类。

大部分别人送的礼物，都会被忘掉的。

礼物之所以有意义，要么是太有用，要么是太用心了。

礼物的价值要么是礼物本身的价值，要么是送的人的价值。

这大概，是我认为的礼物法则。

/// 没长大，别出来爱人 ㊋

你要是有个过于聪明的妈，你必然没法骗她。

所以，遇到这样一位妈，你又恰逢大龄危机，你就会觉得，嗯，老太太真是挺不好蒙的。

她年轻的时候就雷厉风行，在单位做着领导工作，到了这个岁数，也是没服老的。不仅开车，还开车兜风，还在郊区买了房、包了地，周末就过去种地。什么都知道，也微博微信地跟着你的节奏，你去哪儿她去哪儿，她还能跟你的好朋友互动，说话也很时尚。

雪莲阿姨一举成名：在自己女儿电台节目的某次描述里，雪莲阿姨太时尚了，晚上也玩断食。女儿在节目里说了这事儿，搭档说“你拉开大衣柜看看是不是里边藏着天山雪莲呢”，结果老妈紧跟着听了，回来就说：嗯，咱们家还真是有雪莲呢。

雪莲阿姨由此得名，她女儿我们就叫她小雪莲吧。

小雪莲人高马大的，非常爽快，我写的好多人，其实都是她，后来我还以她为原型写了一个剧本。剧本里她找到了真爱，被一个摄影师追得没处躲没处藏的。现实中是有点儿困难，不是她不好，而是女的一旦坚强果敢猛烈，男的就都缩了。她动静之间还有美感，有点像《破产姐妹》里波兰女的那个范儿，嗯，就是那么高大好看。

雪莲阿姨安排她相亲，有时候也鼓励她去找老外，更狠的时候说：你不然找个二婚的也行。

我理解她妈，但我更理解她。爱这件事儿，有时候真着急不来。加上，可选的男的也没那么多，好多还不让你选，被别人选过的，也不大好再选了。

小雪莲不能凑合，可结婚渐渐变成了家庭事件。从我有限的信息渠道了解到，她爸虽孔武有力却没有出声，雪莲阿姨倒是直面现实，不停地安排机会。

这一次又安排了一个，面相还可以，不像坏人，说话也慢条斯理的，没啥动作的时候显得很有思想的样子，就是慢，有点儿迟疑，跟小雪莲的风风火火相比，确实有点儿像龟兔赛跑。

两人试着相处，在这个阶段，小雪莲是收了火儿的，觉得自己也不能光挑，实在是也想要孩子了，爹不那么重要，这是实在话。

反正就是这么不温不火地处，对方也没说行也没说不行，两人的状态大概像冲了忘了喝再喝已经不热的那种茶。小雪莲有点儿不高兴，觉得对方不积极是对自己价值的不认可，她没法忍受一段不明不白的关系，就找对方谈了一次，说能不能好好的，对方说行。

是的，一般一开始有问题的感情，后边只会问题更大。我不认为有磨合这件事儿，磨合过来的，都伤筋动骨。

到了七夕前一天，小雪莲想怎么也得有个约会，但也不能太直接了，就跟对方说：你要有安排提前说啊。

七夕正日子，对方给小雪莲打电话，说：你加班吗？小雪莲说：不加啊。对方沉默了一下，小雪莲只好接着问：不加班你有安排吗？对方说：没有啊。

小雪莲的火儿腾地从国贸烧到了世贸天阶！

“七夕人多，哪儿也不去了”，那是不恋爱没办法的人才说的话，哪轮到你这要谈恋爱的人来说，更何况你是男的。

小雪莲没有回话，怒气冲冲地在办公室里磨蹭，磨蹭到大家都走了，自己走也不是不走也不是，然后看到对方在朋友圈里发了一句“到家了，人太多”。

嚯，我这个暴脾气。

小雪莲把这个发到了微信群里，据说有一个人在里边穷凶极恶咬牙切齿地说：必须全面拉黑，物理拉黑。

后来我写这篇的时候找小雪莲核实：谁让你这么干的啊？她说：特么你啊。

果然是我，不愧是我。

故事没有结束。在她拉黑对方半年之后，对方突然又通过雪莲阿姨，表达了疑惑，说：怎么就把我拉黑了呢？一直没有办法回答这个问题。雪莲阿姨找到了小雪莲说：你就别拉黑他了，再给他个机会吧。

小雪莲气也生得差不多了，就好奇地想听听对方有什么说法。一个被拉黑的人为此百思不得其解，确实智商情商双伤的可能性不低。

你找我干吗呢？

没事，只是觉得你不应该拉黑我，有事儿就说吧。

没什么事儿啊。

那就好，我妈还老说我。我妈说了……

小雪莲再度拉黑了他。我给她总结说：一件衣服你放到一边不穿，一定有你的道理，绝不要再拿出来试，试了你也没法穿。人也一样。

不知道雪莲阿姨是不是这样认为的。反正，不要让女人和一个婴儿谈恋爱，断奶再说吧。

不，连再说也别说了。

这个我就更新下进度吧。

小雪莲最终飞快地结婚了。飞快地去了德国。

又回来，在郊区租了个大别墅，半是店半是家的。炊烟袅袅地过起日子来了。

我去他们家蹭饭，吃的红烧大虾和馒头，感觉是到了阿姨家，吃完了要赶紧去做作业的。

小雪莲一直是我朋友圈的狗血之母，一直在情感上磕磕绊绊的，要么烂着，要么停着，终于得到真爱了，为她高兴。

她的恩爱，秀出来那种劲儿，让人都觉得不相信。

可真实的，也还真差不多。

所以，小雪莲给我最大的启发就是，可别觉得自己恋爱无能，会孤独终老之类的。

真来的时候，得接得住才行啊。

/// 捉奸故事会

㊋

这个捉奸故事，里边隐藏着别的。

金牛女爱钱，吃高档餐厅，开着豪车。平凡人家，但算是天生丽质，好看，被很多人追，据说，还被人在路上开着车追过。好多人没这种体验，金牛女有过。她在红灯的时候摇下车窗仰起一张玉脸，跟对方说：你有事儿啊？

当然不能随便摇车窗，追来的车很贵。

对方说：交个朋友吧。递过来一张名片。

就这么认识了，结果吃饭，对方带她到高档餐厅，不咸不淡地聊着天。金牛女心里也知道没戏了，可把饭吃完总算是约会者的诚意吧。他叫埋单，餐厅不能刷卡，她有现金，但没动，她们金牛的世界里，谁提出约会就应该谁请客的。

对方就去取钱，走得脑门冒汗，很囧的样子。

自然就不了了之了。

可这么一个看起来对钱在意的，也爱过一个八线男演员。男演员长得好，但不是能红的那种好。演员有点浪漫吧，接戏有点儿断顿儿，时不常就赋闲在家。金牛女也不好催，反正年轻岁月嘛，爱就爱着。

这天到了夜里十二点，金牛女和八线男说晚安，过了半天才回，说在外边喝东西。金牛女说：那你喝吧，到家了跟我说一声。

对方当然是没说一声。到了两点，金牛女睡不着，开着车就去了八线男那里。男人在家，拉开门迎出来，又顺手把门关在身后了。金牛女觉得有点儿异常，推门进去，一个女的坐在家里。

女的当然不是千里迢迢专门赶来坐在那里的，后来听她描述，是真爱八线男，赶过来千里相会的。金牛女说你走吧，千里女说我去哪里住啊。金牛女觉得，怎么这话你也问得出口呢？千里女问完了还楚楚可怜地看着她，金牛女登时觉得自己像来解决失足妇女问题的女干部，觉得大半夜的，也确实有点儿不人道。

打电话给人订了一个房。

呃，然后把千里女送上出租车。千里女楚楚可怜地继续问：这酒店能住吗？金牛女怒吼：能住！大力地关上了车门。

回来当然没和八线男谈，竟有种坏了别人好事的犯罪感。后来，才知道女的来这里机票都是八线男付的，用的自己仅有的不多的存款，再加上回去的路费，钱用完了。

后来的后来，金牛女就时不常地贴补突然赤贫了的八线男，有天忍不住，分手了，用她的话说，又穷又花，真是够了。

我准备把这个故事写出来，后来发现根本不是捉奸的点，而是不要和时常跟你借钱的人做朋友。金牛女虽然身体力行这样做了，但也觉得导向不对，会被人骂的。我不怕被人骂。一个人若爱着你，自然不会允许你长久地不好；或者他如果爱着你，怎么可以老拖累你?

她叹了口气说也不尽然，然后说，除了这个要是还有其他毛病，就赶紧分手吧。

想起一个好朋友讲的故事，说一个女孩儿就爱吃高档餐厅，男的就表示不能赞同，女的说我负担得起啊，男的说归根到底还是虚荣，这是 loser 的心态，就是他不能接受的，就以反对的方式打击否定从而确定自己不需要它。当然，后来他俩的爱情不了了之了。这大致说明，吃不到一块儿的人，也爱不到一块儿去，不能强求。

麒麟童的老婆教导儿女说，年轻的时候，要跟有钱的人在一起，理由是，都那么穷的话，谁帮助谁呢？还教导孩子们要用好的东西，用好的东西才会珍惜。后来送孩子们出国留洋，自己在家里，“文革”期间受迫害，死了。

女人一物质就被人诟病拜金什么的，穿个貂皮也有很大的压力，但价值观若无偏颇，又自己挣自己花，并懂得一分钱一分货，是件没问题的事儿。谁都有可能爱上一个比自己穷一点的，这没问题，他不否定你的消费习惯就可以了。当然，这种情况比较难发生。

/// 那些告别

㊋离

少年 Pi 望向老虎嶙峋的背影，期望它回头看自己一眼，当作庄重的告别，结果他失望了。这一段似乎在告诉我，即便一起经历了生死或见证了神迹，也并不代表对方很留恋和自己在一起的日子。更何况，相信第二个故事的人，根本就不相信老虎的存在，它被引申为“本我”或者其他。总之，它不是具体某个人或者某个过程。

我更愿意相信第一个故事，也被那停顿了几秒，旋即冲入丛林的帕克先生伤了心。相信那一刻少年真正长大了，他必然得经历不得不面对的分离和有时因为来不及、有时对方根本不情愿的，没有告别的离开。

后来他应该还会知道，在乎告别的那个，总是动情比较深的那个。这该是李安在意的设置，我又揣测他的这般心境，定是体会过什么大的不舍，有些事看起来是翻云覆雨的命运动了手，其实只是自己的心境罢了。

《一代宗师》里，宫若梅和叶问有一次正式的告别。她面色苍白，嘴唇又极红，为报父仇，发愿一生不婚嫁、不传艺。她一直都目光决绝执拗，表情里都是不妥协，在告别的时候，却突然柔软了下来。她承认对方是自己心里有过的人，她说：我喜欢你，这不丢人。而后，他们在某个茶室分开。叶问自述这是最后一次见她，她背影还是僵硬的，她说：每次相遇，都是久别重逢。

可其实，他俩一生交手一次，相处不过几十小时，可告别如此巨大，你又不能否认，他们就是相爱了一辈子。

而叶问和妻子在佛山告别，在她手心画字，信誓旦旦，明示郎心如铁，最后竟也成诀别，再无法相见。字幕提示说，叶问再也未进佛山。这一笔在影院里把我戳出泪来，不禁恨王家卫的改变。之前他电影里的人物都勇猛乖张，而若干年后，他们都不得不向命运低头，期待告别，或者做告别时该做的事。

相遇得太随意，告别又大多不完满，这大概是人生的两大苦恼，尤其是当你深爱一个人时。后来我又在微博上说，叶问要到东北找宫二小姐，大衣都买了，终究还是抵不过战乱，又因家境败落，最后不得不卖了大衣，唯独留了个扣子做念想。多年后再见宫二，第一件事就是把扣子给她，还立刻解释说，当年我是准备去东北的，可惜战乱了。这一段最传神又最伤心，盟过誓的人都知道，没有达成就像欺骗了另一方，不管是因为什么——可他们明明没有盟过啊。

如此沉浸于宫二和叶问那份默契，就像执拗相信少年 Pi 就是与虎同行一样。后来有人纠正我说，双方是有书信往来的，算是正儿八经地盟过誓，又说叶问还写了“千山难阻”之类的，而后又查了资料说，叶问和妻子张永成并不像电影里那样耳鬓厮磨，叶到香港后，终究是找了个小三，还育有一子。

但真相并不重要，尤其是留给后人闲说的这些。我只看他这段与宫二小姐也许史上并没有的告别，才发现我那么害怕这些，不管有无准备，对“就到这里吧”这样的话，还是非常抵触，尤其是这段时间过得很匆促，觉得时光哗哗作响像大风卷过空场，北方又草木皆枯。

有个时尚男刊的编辑姑娘曾采访过我。她飞快地看完我的书，又写了硬朗的书评，采访进行得非常顺利，她偶尔提出疑问，又质疑我的一些观点，又说：看了你的书，我又想谈恋爱了。我们不算是好朋友，可我又莫名地觉得可以理解她。这天看到她的微博，又无聊点进她的首页里，发现她置顶了微博，说自己已经离开了北京，回到故乡上海，还简单说了原因，说来回都为感情。她的文字硬朗阴郁，说：写下这番话，算做个交代吧。而后，又很无来由地说：成大事者，至亲皆可杀。

她没有和我告别，我想她更不会和爱过的那个人告别，可她又选择了一种形式，标明自己来和走的原因和方向，这从整个人生来看，倒也算是一种利落。我也曾在上海待过三年，走的时候，和好朋友们开了个派对说再见。他们给我留了一本的言，一个小朋友坐在那里不说话，我坐下的时候他突然说：我也没什么送你的，要不，我把我手表给你留作纪念吧。我当时想笑又有点儿想哭，按住他摘表的手，只好又去唱了一首欢乐的歌。

这是我人生中为数不多的一次离别。还有个遗憾就是，我在上海有个固定的理发师，我们也不算朋友，交流仅限于每次理发，可他又由衷地信任我，讲些苦恼或者故事给我听。我有时给他几张电影赠券，他有时会免费给我剪次头发，我们保持着一种不远不近的朋友的状态。我离开上海之前想去理次发跟他说一声，但各种原因最后还是没有去成，反正后来就没有了联系，我不知道他是否还会突然想起，那谁很久没来理发了。

后来，我有很多机会去到上海，但我就是没有勇气，去那个熟悉的店面找他一下，总是觉得欠他一句再见似的。

那天天气很好，去参加了一个送别会。

送别会在一个小礼堂举行，阳光巨大，上方有她的照片。

很不真实。

我上去发了言，我说，很多提醒，都是这样的：提醒我们注意彼此的存在，注意和人互动，注意好好地相处。

我没有流眼泪，因为真的很不真实。

只是，我再也没有勇气点开她的朋友圈。

还有就是，我深深地觉得，怀念是在心里的，不应该发布在朋友圈里，不应该大肆鼓噪，应该是默默的、低形式感的，像她没有离开一样。

/// 24 ： 40 ㊋

如果你爱上一个先天性失忆的人，会不会怕有一天他突然把你忘了？

40 先生是个英国人，牙齿洁白，素食主义者，16 岁之后就不再吃肉，眼睛是蓝色的，笑起来的效果非常明显，就像阴云突然从太阳前边挪开，地面逐渐显露出原本色彩的感觉。

24 小姐从中国来，在学校里碰到这样一个大叔，觉得自己的世界似乎要跟他有所牵扯，但具体的又难以名状。这时常湿冷的城市里，温暖很难寻觅，那些英国人绅士般疾行而过，似乎眼高于顶，很难与人对视，这种矜持的距离感，让 24 小姐不太适应。

40 先生是个先天性失忆者，这样的人物设定，让故事显得很具戏剧感，可他就是那样一个人，比如每次用到身份证号码，总是背不出来，要拿出卡片，笨拙地一字一字地抄写，样子显得很认真，像孩子一样。

多年之后，24 小姐回忆起他，觉得他茂盛且可依靠，特别是那种孩子似的认真与笨拙，还有就是面对她，神一样的微笑。

有人照顾总是好的，尤其是人生地不熟，课业压力无比巨大，24 小姐和同来的中国男孩相依为命，班上 40 先生年纪最大，待他俩像监护人。

这天，24 小姐崩溃了，作业没有完成又毫无头绪，中国方面的学校又发来交论文的最后通牒。她在学校里乱走，觉得无处可去，突然想起 40 先生，就开始疯狂找他。他不在教室，那应该是在图书馆，这个失忆者很爱读书，他说自己老忘，所以需要不停地看。

她在图书馆找到了他，扑到他的怀里大哭，泪水、鼻涕蹭了这个男人一毛衣。男人见怪不怪的样子，用手拍她的肩，他似乎忘了她是谁，但其实他知道，直到 24 小姐止住哭。他问了她原因，拿出一张纸，像抄身份证号码那么认真地，一条条地给她写下来要处理的事情。

24 小姐觉得自己喜欢他，可他比她大出 16 岁，即便他茂盛可依靠。

24 小姐回国处理自己学业上的事情，在中国的校园里想起英国的事情恍如隔世，可她又那么希望 40 先生能过来看看。她不知为何在这个时间，那么强烈地想他就在身边。她选用了最老土的表达方式——邮件表白。

好多天她不敢看邮件，直到她回到英国，开始为自己的期末考试作品着急。她写了一个同性恋的故事，大概意思是，一对同性恋姑娘，爱得很深，但有一个因为家庭的压力要去结婚生子，另外一个发现后，招呼没打就离开了，留了一封信给爱人，她说：人在一起就是为了要分开，没有人会从开始陪你走到最后，不过，谢谢你，陪我走过这一段。

最后一句的英文译词：but thank you，for walking with me. 最后一句来自 40 先生，他陪她一起完成片子，像忘记了她表白的事，像什么都没发生过。他们在那个下午聊了很多，40 先生聊了很多自己 24 岁时候的事情，嬉皮士啦，大麻啦，如何失去了一个女孩啦，像他从没失忆过。

然后他用蓝眼睛看着她说：我年轻的时候干过很多坏事，现在，我准备干一件比这些都坏的坏事。

然后他就吻了她，那个吻绵软悠长，24 小姐第一次知道，原来接吻可以如此温柔、茂盛、宽厚。

吻过之后，他就走了。她有点儿失眠，晚上想了各种结果。未来，对于 24 岁的她来说，太迷茫了。

次日，她收到了 40 先生的短信，他说：walk with me，for a while.

他们彻夜做爱，像随时要失去彼此。

她到另一个城市上课，两个月不见，40 先生来看她，他们在一个很大的广场上见面。40 先生走过来，抱住她，又把她在怀中转了个身，吻她脖子后边脊椎的第三根骨头。

她说，这是她想到的最性感的一吻，比其他所有的吻都难以忘怀，也是她想到“性故事”三个字时最先想到的一个片段。可能因为那句译文的关系，她总觉得那是种分别的提醒，提醒她和他年纪的差距，提醒她会回到中国，提醒她会离开伦敦，提醒这段陪伴的短暂。

终于到了分别时，24 小姐要离开英国了。40 先生送给她一个纸折的伦敦，上面写着“keep smiling”。她和他吃了顿简单的饭，在地铁站告别。24 小姐泪如雨下，看着他的背影，觉得，能失忆也是件好事啊。

回到北京，她换了很多次手机，但一直留着 40 先生的电话。她有时候会想起他，后来有机会见到他，觉得他老了，皮肤光滑不再，像突然进入了一种转折，成了瘦小的老年人。

24 小姐跟我说，她从不曾把他当前任对待，而是一直放在那里的；并且，她觉得，这个人应该得到她能想到的所有美好，她从没有对别人像对他一样，渴望他结婚，生子，拥有美好的家庭和未来。

爱产生性，爱让性更美好，并与众不同。

/// 柏拉图图什么？ ㊋

我们要相信，有很多不同的人存在，也有很多不同的关系存在。你听到的故事越多，越觉得人生真是有趣，它既宽厚，又计较。

一个朋友，爱上了一个有女朋友的男人。当然，一般这样的故事，女主角是不会承认在爱上对方的时候对方是有女朋友的。

他们在微博上相遇，没有见面。女孩在北方的一个城市，写那些热辣辣的话，或者其他。她是标准的文艺青年吧，包括穿着，有时候自拍，也是衣角或者鞋子或者某个单品，看起来又干净又轻柔，像东京下了雪又出了太阳。

她是个有光泽的女人，她自己这么认为，男人肯定也是这样觉得。

一来二去，两个人认识了，但还是没有见面。

有些东西，越期待，就越大，幻想之所以被称为幻想，是因为它高于生活中的所有。

直到男人有机会来女孩的城市出差，又恰巧住在了女孩家附近，女孩见完朋友深夜回家，和男人通微信，男人说：你好吗？

女孩说：很好啊。

男人说：你一个人回家啊？

女孩说：不然呢？

男人说：你自己坐在车后排右侧，对吧？

女孩说：你怎么知道！

男人说：我还知道，司机眼睛红红的。

女孩看过去，只一眼，就吓出一身冷汗——司机也正好透过后视镜看她，眼睛果然红红的。

女孩仓皇地到家，跑上楼。一个人住在23层，觉得好像没有邻居，心里瘆得慌，就骂男人说：你浑蛋，吓死我了。

男人说：害怕吗？

女孩说：害怕。

男人说：告诉我地址，我来陪你。

女孩知道这意味着什么，但有点儿抵抗不住了。她说了地址，洗了澡，穿了宽松的袍子，坐在沙发上等。

他来了，高高帅帅，跟她想象的完全一样。他自然极了，没有任何的生疏感，比如拿起一个水杯自己倒了水喝，又说：给我准备条短裤吧，我去洗澡。

女孩有点儿难过，又有点儿兴奋，又觉得其实没什么，很多故事不都是这样开始的吗？她之前有过很多标准，比如不玩一夜情、不和人异地恋，可他出现了，带着一股子生命力，她觉得有些标准可以忽略。

她继续坐在沙发上胡思乱想，内心里的那个自己早在屋子里走来走去。然后他洗了澡裸着上身出来，紧致的肩膀上凝着一些水珠。他说，温度刚刚好哦，就带着湿气走向了她。

她闭上眼睛没法呼吸，觉得天地世界都在旋转。他握着她的手深深地看着，说：你真跟我想象的一样。

她觉得害羞，又感觉自己难看，后悔没有稍微地扑点儿粉让自己更好看一点儿。他没有介意，拉着她走到了床边。

她觉得一切都要发生了，像之前他们设想过的，说过的那些，还有没有说过的，要做的那些事。

但是男人按兵不动，他把她环在手臂里，像抱着一个很熟悉的东西。她听到他心跳得非常快，然而他就是不动。女孩有点儿失落，又觉得这个气味和身体，没有办法抗拒。

他就真的，没有动她。

她就真的，等了一夜。

早上起来的时候，他换好自己的衣服，吻了她的额头，说：我走啦。

女孩儿好困，说：好。

她在他走后翻来覆去，被子里还留着他的气味、皂香。

晚上，她接到他的微信说：一起吃晚饭吧。

这是第二夜，她心猿意马地吃了饭，男人送她回家。到了楼下，她打开门，觉得男人会上去吧，心里的人又在走来走去。男人在她打开门的一刻，松开了她的腰，跟她说：好好休息。

她没有办法好好休息，她也没有办法追问到底发生了什么，以及要发生什么。她痛恨自己怎么变成了一个这样的女人，像一个期待被吻遍全身的荡妇，又要伪装成并不需要更深接触有保留的好女人，她最后忍住没给男人发短信，又翻来覆去半睡不睡地过了一夜。

第三天，男人发来微信说：我走了。

她说：再见。

后来男人又发来微信说：我觉得这样真好。

她想说：我觉得一点儿都不好。

但想了想，她最后删掉了回复，后来又想了想，把男人拉黑了。

她对自己说：真是受不鸟了！

受不鸟了。

/// 片刻的欢愉 ㊋

深夜时候，你上网搜一搜，总有些寂寞灵魂，他们值得理解。白天的一切像潮水般退去，有时候疲惫，睡过去还好，大多数时候将困未困，欲望锥心刺骨，有时候微信像被暂停了，各种群的人各自忙碌，不再说话，世界静止，你就只有一人。都市男女，不过如此。

她也寂寞，又搜了下某个软件，一个人加了她，貌似很急切，询问一句情况，就问："要不要过来？"

她轻蔑地笑了一下，又觉得自己不配，像这样的问话，她肯定是问不出，可内心里，她也真的这样想过，可一个女孩儿，要把自己送过去，听起来真是不可原谅。

"要不要过来？"对方很急切，头像是一双鞋。

一双鞋邀请自己过去，女孩笑了，打字问："你没有脸照吗？"

"有啊，但你不要惊奇。"对方回复。

"有什么好惊奇的，你是外星人吗？"女孩继续问。

"也许哦。"

"……"女孩表达了无语，真是简陋的搭讪方式啊。

“如果看到了照片，要不要过来？”急切在每句话里。

“好啊。怕什么。”她赌气似的，像说给对方听，也像说给自己听。

照片传过来三张，她惊呆了，这不是某部电影里的某人吗？

“用假照片有意思吗？”她几乎要立刻删掉他。

“我用的是真照片啊。可以过来了吗？”他继续急切。

“如果我去了看到不是你，我转身就走。”女孩儿吓他。

“好啊。”

女孩儿突然有些好奇，是什么，让他做出这个冒险的决定？或者，这就是他本来的状态？一个被很多人认识的人，怎么敢以及怎么可以如此？

她裹紧大衣，从车上下来，走到了约定的小区。是半旧不新的楼盘，大落地窗户。按照对方的指示，越来越近，心跳的声音似乎可以听得到。

她敲门，门开了。

真的是他，画报上见到过的那张脸，只是略显灰暗，比想象中略成熟了一点儿。她故作镇定，心在狂跳。

他非常自然地拿拖鞋给她，像招待一个很久之前就认识的朋友，完全没有刚才的急切。

她有点儿欣喜，又莫名惊慌。他说进来坐吧。

房间乱乱的，没有条理，也不是很华丽，是普通男人的房间该有的样子，也没有熏香，没有蜡烛，就是普通的。他坐在沙发上，像把身体打开了，又搂她过来，像她就是他的女友。

他们接吻，像彼此熟悉和深爱。

他的吻干净又凶狠，如入无人之境，她的羞怯被欲望扯下，就这样吧。

后来，他给她讲一些话，说自己的一些笑话，说媒体写自己的时候，自己怎么看以及怎么回应。她蜷在他的身体边上，没有睁开眼睛，像不真实的梦吧。

他说：好吧。轻轻拍她的肩，要送客的样子。

她知趣地站起来，他略不好意思，说：我不习惯身边有人睡着，所以不好意思。她当然明白，脱下身上披着的他的衣服，那上面是一种奇异的香味，男女莫辨。

她说：你真不应该这样啊。由衷替他担心，毕竟不像自己一无所有，可以无所顾忌。

他说：没什么，其实真的没什么。

他懂她的意思，但没有再说什么，疲惫让他微微皱了下眉头，他环抱着她送她出门。她说再见吧。

他说：晚安。

门在她的身后发出一声钝响。她站在楼道里深呼吸了一下，还是那种奇异的香味儿，男女莫辨。

她走出小区，又走了很久，没有打车，是冬天呢，路上没有人影。

“你真的不该这样呢。”她默默地说。

后来，她再也没有搜到过他，她也再没有去找过其他的人。目前她生活在上海，想认真地谈个恋爱。

那些短暂的东西，让我们知道，它们短暂的原因。

念

nian

分离后必经的反复，念旧，也惦念着未来

/// 神秘人为何迟迟不来？ ㊟

我毁了一个故事。

那个故事在豆瓣上，是这样的：我爸说，爸不急着让你找媳妇儿生孙子定下来，可有一样你要记着，如果你喝了酒忘了全世界，脑袋里只剩下一个女人，一定记得，无论你们怎么样，无论走了多远，都要把她带回家。说完，他看向了我妈。

我转发说：他停顿了一下，接着说，我就是没这么干，看弄成什么样。

残酷的评论者们继续为悲伤加码，有人说，如果带回来这个，那喝酒的时候想到的就是另一个了。

我部分同意了这个观点。是的，如果醉酒时记得算真爱的标准，那，我该是某个人的真爱了，他一喝多了就要打电话给我，说很多话。

可我真是一个不喜欢接电话的人。

我愿意选择用文字和别人交流，原因是，打字带有某种经过整理的意思，它不能脱口而出，且必须有头有尾。而且，要陈述或者表达疑问，基本上可以很清楚地让人知道你想做什么。

说话则不一样，那是没有维度的漫天的可以随时结束又能重新因为另外一句话开始的，而酒醉的话，就更别说了，对方带着酒意冲过来，用声音包围你，你不知道他终点在哪里。

喝多先生就是这样的。他爱过一个人。有些人，爱过一个人，像爱过了全世界的人，他们只对这个不再爱他的人有兴趣，其他人，都该变成他们的听众，以恭敬眼神看向他的真爱。

我不曾告诉他这些，是怕伤害他。文艺青年容易被情绪引导，也容易被一瓶啤酒干倒。喝多先生不至于，他的酒量我认为至少在……一瓶半。

大部分时候他不提喝了什么，他在深夜才会睡去。我们没有见过面，他所在的城市多雨吧，风景很美（他应该不觉得）。有时他发一些朋友圈，说些写给神秘人的话，我看那些吃的，比看那些文字更有渴求感。

对，神秘人，是他定义的自己未来的爱人，一个代号，一个爱他、他也爱的人，这对一个生活在闭塞城市里的人来说，像是一个奢侈的座右铭。

喝多先生喝酒，有时候烂醉如泥，有时候又诗兴大发，他和神秘人的段子成了他朋友圈的核心主题。他对神秘人道晚安，说情话，讲段子，一副神秘人不来他不停止的样子。我看他过了两次生日，跨了三年，神秘人杳无声息，他也没有老去。日子在偶尔的醉酒中度过，我们始终未能相见。

他打电话过来很多时候是深夜，问出来的问题又大多无解，我在电话这端都能感觉到他的酒气。他说：神秘人怎么还没来？他又问：我是不是长得特别丑？让我公正地评价，自己到底能打多少分，一百分满分。

我说：七十五。

他说：那剩下的二十五差在哪里？

我说：大概是因为爱喝酒，喝完酒又打电话吧。

他说：你滚蛋。

他工作不忙，身高不矮，之前是个杂志社编辑，专写些臭屁的青春小文章，即便他醉后发的朋友圈，也是行文工整，有的时候还忧伤得很漂亮，只是那些话，他说给了一个莫须有的神秘人。

他觉得，神秘人是要来搭救他的，专门为他而存在，并因他而继续美好下去。

他也找不到神秘人不出现的原因。我说你走出去看看，这世界人那么多，为什么神秘人总是不出现呢？

他要那种一击即中的爱情，就是对方走过来，看着他，然后说：是你吧。如果不是我太忙，我真想飞过去扮演一把，圆他一个神秘人现身的大梦。

就是这样的一个普通文艺青年，像一个普通的陀螺一样，开始了无止尽的却原地踏步的关于神秘人的大梦旋转。我多想告诉他，停下来望出去是多么重要，最后我在电话这端沉默，没有再多说话。

我想问他：你喝多的时候想起的是谁啊？

可我其实也知道，一定是他想打电话却不能打的那个人，所以最终接电话的人变成了我。

作为一个知情者，我知道，神秘人不来，是因为旧人没走。

回到最开始的时候。嗯，如果你特别爱一个人，喝醉了就想起她，一定要带她回家；如果她执意不肯，放过她也放过自己吧。

文艺青年们，跟神秘人说再见。

情感故事里，神秘感大多都是自己赋予的，帅也是，美也是。

各花入各眼，也没办法。

审美奇怪的我，常常觉得自己喜欢的最好看。别人一看照片，说“哎呀”。

即便看个《偶像练习生》和《创造101》，我也喜欢非主流的。

但陷入我执的境地，就很难断尾逃生了。

越喜欢，越神秘，越美好，负负很难得正了。

好的方式，还是脱敏疗法，你越得不到越爱一个人，就要略略为难自己一下。

就是那种，你一直想买一个包，到手之后，不过如此的感觉吧。

/// 你配得上暧昧吗？

㊔

暧昧是不好的，很多人不愿意接受，因为它所给予人的，恰是在可得和不可得之间，像与对方下棋，他迟迟没有落子，你坐在那里，等着，看他缓缓拿起棋子来，又思索，又再放回原位，又拿起来，又放下。

就是没到指定位置哦。

可你没办法。在爱情里边，很多时候你被牵制了，即便你无法到达指定位置，也不妨碍你逆风向前。暧昧像盏灯火哦，在暗夜里，招惹着你。

设计师小姐得到了一场错爱，错爱的对方无非是有女朋友，可他又那么热烈地明目张胆地对她表达好感。

设计师小姐早就被忠告说：如果对方有女朋友，还对你说爱的话，你就让他滚。

可她说不出。她觉得这种温度，足以支撑她走过冬天；也是这温度，让她走到这个夏天。他到机场接她，飞机晚点，他带着两个苹果，吃掉一个，另一个在等到她之后塞到她的手；他又在某个节日，飞到她所在的城市，只是为了跟她吃一顿晚饭；他带着套套到她住的地方，头发被她揉得很乱，可到最后一步的时候他突然弹开说：不行，我不能这样对你。

她列举的这种种，真是配得上“贱男”二字啊。

可她又不能同意，她深信他是爱她的、有苦衷的，不能停止又不能开始。

后来，这位“暧昧之神”要带着自己的真命女友离开中国，又来和她道别。她轻声说“再见哦”，对方打开手臂，像情圣一样，给她最后一个拥抱。

然后，就乐颠颠儿地走了。

设计师小姐好久都缓不过神来。她想不透，一个人，可以爱一个人，可到底为什么呢？一旦陷入猜度，感情就不会好了，我坚信。

好朋友总是遭遇暧昧，我不相信人有这种奇异的基因，我相信，一定是他愿意用这样的方式来感受生活和其他人。他们未曾上床，也未曾放弃相爱；他们彼此关心，又到此为止再无下文；他们显得节制又啰唆，完美主义又很疯狂。他们不被我理解，或许，他们也不需要理解。

道格先生是一个很容易遭遇暧昧的人，他在《人生需要揭穿》中出现过。因为分了一场很大的手，他的名字到现在还在被人搜索。其实他是一个很愿意表达感情的人，当然人生待他不薄，他总能发现他身边眼光如烛火般热切的准爱人；可人生又待他如此谨慎，以至于当他发现对方爱他的时候，他就立刻没有了兴趣。

这简直是他快乐和不快乐的源泉，最终他发现，嗯，只有将爱未爱的时候才最好：虽不可达到顶级的快乐，也不会引发极端的伤害。这状况像天平放上砝码的某个平衡瞬间，将落未落，充满无限的可能性。

道格先生喜欢和人聊天，加微信，彼此道晚安，说些类似情人聊天的话，可对方一旦进入情境开始实施反扑，他就立刻警觉了，会把“宝贝再见”换成“早点睡吧，晚安”。

这当然会让对方迷惑，可在道格先生看来，这简直是一种莫名其妙的养分，使他始终在“跟进”的状态当中。我说他启动了男人本性中的“征服欲”，道格先生不承认，他说，他没想征服谁，只是恰巧需要一点儿温暖罢了，又不希望温度过高，伤到自己。

他让我愿意探究暧昧的成因和带来的感受，也让我看到，人和人之间除了爱和欲望关系之外的另外一种可能性，因为在和道格先生暧昧的人中，也包括一些和他同性别的人。

他们看起来同样坚硬，像对生活没有需求的男人，可他们又在隐秘的部分暴露出温柔，那温柔清晰可见。这在道格先生眼中，叫作 soul mate。他说，他觉得这是最珍贵的一部分，因为他们彼此不爱，可又在暧昧里显得那么爱，多珍贵。

我在某个时间理解了道格先生，因为，若从利己主义的角度来看，这样的爱是非常省力的，且只有美好的部分；它不为后续产生的生活问题买单，甚至不为后边因性格问题出现的矛盾负责，它什么都不需要，只需要双方保持着持续的与对方发生互动的能量。

当然，这能量根本不可靠。道格先生说，有时候它毁在一次话不投机里，有时候它毁在一次冲动里，它总是阶段性的，在他们需要的时候。

道格先生没有和任何一个暧昧对象成为伴侣，他甚至不奢望在其中找到任何一种实质意义上的关系，在生活中他还是孤单的一个人。但这个不妨碍我看到更美好的感情，他这么坚定地说。

我几乎有些赞同他了。

所以千万不要等他。

你在汹涌的车流里疾步行走，有时将信仰铭记于心，有时又漠然地忽略；你在不得不面对的生活里遭逢惊喜，失去爱人，得到片刻的安慰，又在下一个拐角碰到新的沮丧；你在伤痛中一夜长大，又在短暂快乐里找回少年的眼神，这些都是自然而然的事情。哦，生命没有绝对，关系也是。

我有过一段喜欢暧昧的时间，暧昧像夏天迈步走向秋天的那段日子，有点儿神秘感，又有喜悦，不可发出声响。但暧昧是会变化的，像季节终会向前推进，露出嶙峋的冷意，最后就开始予取予求了。

人是非常不容易满足的动物。大多数爱情，都毁在患得患失上。

暧昧有风险，清醒很珍贵。

/// 念念不忘，必成神经病

念

所谓念念不忘，必有回响，那是电影里的话。

最早的时候我也信这个，后来不信了，不是因为我长大变得不再浪漫，是我发现，一厢情愿是件非常不合理的事情，而当你变得偏执，简直是对其他人的折磨。

凭什么，你爱的人就一定要对你有回应呢?

小时候我们常被要求有座右铭，“书山有路勤为径，学海无涯苦作舟”是被用得最多的话，但这个道理用于上学死记硬背一点儿问题都没有，用于爱情就大错特错。爱情不是靠努力获得的，那些屌丝逆袭女神的童话，往往不是屌丝通过努力改变了什么，而是女神自己想通了。说必有回响，对方说“滚”算吗?

“十动然拒”呈现出来的是残酷，是真实人生，是付出努力没有得到回应，念念不忘全无回响或者没有得到一厢情愿者自以为是的回响，比如在地铁站求婚被抽嘴巴，在教学楼下摆蜡烛被洗脚水浇灭，在高档餐厅玩小提琴求婚被泼了红酒，等等。先把被追求方的猛烈反馈是否辜负人心放到一边儿，这种面对诱惑或者压力岿然不动保持自我的做派，确实是种难得的正能量。你念念不忘，我得考虑下；你持续念念不忘，我可能非常恼火，决不回响也是正常的。

只是很多人不明白，甚至有的因为被拒绝反而愈挫愈勇，找到了“求得真爱”的使命感，那真是活该。所以我从不帮助别人求婚，也不帮助别人在生日的时候送一百个赞给自己的女友，我怎么知道你是不是那个没有被回响的人？

我有个朋友，被人骚扰，对方常常发短信给他，各种形式、各种表达；后来粉转黑了，把他塑造成“你冷酷你无情你视而不见”的大烂人，行文甚至有种是他选择她然后甩掉她的始乱终弃感。

他没有办法，只好，在各个渠道都拉黑了她。

但爱是没有穷尽的，恨也没有。他有天发了条微博说了些感叹的话，其实只是抒怀罢了，却收到了一个陌生号码发来的短信说：“你能放过我吗？”

这念念不忘，真把这个哥们儿给愁坏了。

所以，他成了不能面对邮包先生，每次来了快递，都要委托同事去接，再让同事打开，再看并无异常，才敢收下。若是匿名礼物，直接扔进垃圾桶。

多少爱和念念不忘，就这样不被珍惜，扔进了无底深渊。对方洗洗手，觉得好痛快的样子。

看过了太多被不爱的人爱着，因此受到困扰的人，就特别愿意劝人放手，劝人保留自我，劝人不要说过头话、做有违常理的举动。都是成年人了，不是都该知道点到即止、适可而止吗？

一旦学会了尽可能矜持，就知道进退，知道不强人所难。当然，也有可能孤独终老，孑然一身。

每个人都有个念念不忘的人，我也有，但我把这个人当成了内心的甜点。在很长的一段时间里，我无所依靠，生活像一台歪歪扭扭向前的大车，没有停下的意思。念念不忘的人像悬在蒙眼驴子眼前的胡萝卜，有时候是诱惑，有时候是动力。

我知道我不会打扰，我愿意静悄悄，你爱一个人可以与他无关，尤其是对方不想和你有关的时候。

把念念不忘，当成还可以思念或活着的一点儿小证据，而不是做成标本，这大概是成长教给我的事。是啊，很多话一旦说出来，就变成了难看的石头。

即便是念念不忘的表白。

“念念不忘”个好词儿。

有个念念不忘的人也好，有个念念不忘的东西也好，都算是一种期待值管理，人生这么漫长，但每周，都需要一个念念不忘支撑。

说起来矫情的是，得到太快了：经济条件好了一些，物流又很方便，很容易通过闪送拿到自己想要的东西。原来费劲巴拉才能买到手的，现在唾手可得了，反倒少了念念不忘的乐趣。

很久没有念念不忘一个人，那种全身心的、急于求成的、不停的想念，是一种美好的情感哦。

/// 两次大哭

㊌

最近一次大哭，是在春节时候看奶奶。她八十九岁，还有黑发，个子本来就小，又蜷缩起来，看起来就更矮一些。她靠在床头，大声说话，听力不是很好了，声音就不好控制。她讲一些陈年旧事，说十三岁嫁到张家，没法读书认字，一心做人老婆，而后生儿育女，伺候公婆。她说受了一辈子罪，现在，就觉得自己是累赘。

她不再是我记忆中的样子，伶牙俐齿，大字不识却条理清晰，背得出长串的毛主席语录；她持家节俭，又讲情理面子，小时候管我分外严苛，待我长大之后反而柔和了很多。她终于是老了，说自己有的时候有些糊涂。我坐在她身边拉住她的手，背上像长了刺，只待她劝我结婚，就竖立起来。

但她全程没有提及这个，倒是问我：你在北京冷不冷，穿了几条裤子？她又说：听你妈说你在家里都不开伙，怎么吃饭？说到这里她叹了口气，眼神在皱褶里暗了下来，她说：多可怜的孩子，在街上吃饭。她想象不到我是在餐厅里，温暖，灯火辉煌。以她粗浅的出行经历，她把我想象成：背着包袱，站在城墙下的冷风里，面摊上冒着热气，我穿着裹脚的棉裤，端起破了沿儿的大碗，吸溜吸溜地吃着一碗面，顺道还吸入了大口的凉风。

她为自己的想象感到忧愁，又拉紧我的手，仰头看我，说：你吃得饱吗？

我躲开她的眼光，临行时拥抱她一下。在我被她管束的时候，我从来没有这样的动作，如今我很高大，俯身抱住她，她竟知道应和，用手拍我的后背。我说：奶奶，你瘦了。

她没有说话，我转身走出屋子，眼泪大颗大颗掉下来。她真的老了，竟然没有催我结婚，像忘记了自己的年龄，也忘记了我的年龄一样。

哭的人常被说脆弱，或者矫情，可我，竟然在三十岁之后变成一个爱哭的人，竟还不愿隐藏。我在风中掉了几滴泪，嫂子和哥哥默默地走在我的身后。

这并不难堪，我想他们应该是感同身受，奶奶，真的老了。

第二天，到了离开家返京的日子，爸妈默默地收拾我的行装，把一些吃的，忙不迭地放进箱子，怕我发现。其实我早就不再和他们在这些细节上争执，就假装没看见，穿上衣服，准备出门。随行的狗皮卡太兴奋了，跳起来，牙挂在羽绒服上，登时一屋子羽绒横飞。

我发了十年来最大的一次火，当着父母的面，将皮卡拎起来教训。它逃到角落里，又被我拎起来教训。妈妈护住它，显然也吓坏了。

他们送我下楼，没有说话。我在败坏的情绪里上车，无力掩饰什么。关上车门前，妈妈说：别跟它生气啊，尤其开车的时候。

我没敢看后视镜，泪如雨下，知道他俩在身后目光殷切，越朴素的伤感，越让人难以应对。我也想谢谢这突如其来的火气，让我不用那么在意如何离别。

我的好朋友，在看《西游·降魔篇》听到插曲时哭得无法自持。他说想起之前，爱过一个人，因为这首歌在一起，又分开，歌里唱到“苦海，翻起爱恨，在世间，难逃避命运。相亲，竟不可接近，或我应该相信，是缘分”，只是懂时，已时过境迁。

人总有泪点，我在爱情上倒还节制，至多到眼含热泪，很少失态，在众前任眼中，应该显得寡情，不算好爱人。我信爱情有其规律，得到失去，都是得到，所以深信在爱情的所有表达里，泪水最无用，它只属于泪水的拥有者，只是宣泄渠道。被你眼泪打动的人，终究还是因为爱你，不是因为你哭。

什么时候开始，隐藏情绪成了必须的事，似乎嬉皮笑脸才符合生态？摆一副无所谓的臭脸竟被装点成所谓坚强，做个酣畅淋漓的人，不是很好吗？

我又想，大概人总是靠这些循环过下去——小时候很爱哭，叛逆期不再相信眼泪，青年时为爱伤心，或因为半生不熟禁锢了情感，中年时又为亲情隐瞒真心，老年时泪腺已干，千帆过尽，再难创造泪水。所以很珍惜这些有泪的时间，果断地为值得的事情落下。

打出“我奶奶”三个字，心里就震颤一下，得知一个现实，我已经没有奶奶了。

有时候想想他们，觉得世界还是挺残酷的。

看动画片《寻梦环游记》的时候，觉得亡灵节还是有意义的，被记得很重要。

人真的消失，是被人遗忘的时候。

很多人，就这样消失在了生命里。

/// 男人的用处

㊎

那些天在洛杉矶，似乎时差倒了很久仍不能得逞，整天都在一种吃不饱睡不够不知晨昏的状态里。手表还是北京的时间，以至于在加州的阳光下疾行的时候，我和同伴说：你看，又是深夜逛街。

后来我才知道，其实她俩早已过渡完了时差，且在逛街的时候，根本不会考虑出生地是什么时间这样愚蠢的问题。

此时祖国正在召开胜利的大会，风已渐冷，我带了足够量的衣物，却很难抵挡美国西岸诡异的气候，比如早上口有哈气，中午又热到流汗，下午又突然阴冷起来，晚上竟有海风过境。

同行的两个女人，都花枝招展。你知道，若是时尚媒体的人，又惯于在爱好栏里写“旅行”的，大多有一颗好奇好斗的心和一个好体格。其中某位更是刚从台湾回返，当夜就登上赶赴美国的班机，一路上睡得前仰后合，中间分出时间吃掉两份难吃的飞机餐，看完机上所有旅行节目，到了目的地，用爽肤水把脸一拍，又是一条好汉。她们两个终日光着腿，即便是在首站 Chino 这样的丘陵地带，也能在寒风中把唇彩涂好，再赴下一站血拼。

直到我们终于瑟缩着在零下的气温里冲到店里买足够的衣服御寒，我发现我买了棉衣，她俩只是买了普通的帽衫而已，而我的棉衣里已经有一件帽衫了……

女人似乎是比男人耐冻的，这我在北京就深有体会，而沿着1号公路，我们开着一辆破卡迪拉克一路向下，这种男女之间的差异常让我陷入思考。比如在判断路况、确定路线的准确程度、开车的耐力以及野外生存的知识上，她们俩都与我不相上下，甚至在变饿的速度和吃同样分量的赛百味时也难分伯仲，以至于我不得不加快进餐速度来体现男性优越感。当然，在憋尿上我又输爆了。这让我常思考女人胸部以下双腿之上到底有怎样的物理分区，让尿液、食物、一肚子的话和喷薄而出的热量得以和谐共存，而她俩还算腰细，更值得一提的是，其中一位兴致勃勃力气绵延不绝者还有“大姨妈”在身。

在圣地亚哥老城，我的驾驶技术被两位女士严厉地“指控”，她们高分贝的惊叹和提醒与导航半死不活的女声让我苦不堪言，直到错误进入了单行道或在有STOP标志的路口没有默念123直接开过之后，她们终于罢免了我的司机资格，两个人交替成为驾驶员。当时的情况是，两个女人在前排研究路线，控制车速，观察地形，我抱着包坐在后排，偶尔才能加入到她们对美国路况的探讨中去，像一个在县里很聪明到大城市被打回土鳖原形的穷亲戚。

这让我持续地懊恼，不被人信任尤其是不被两个女人信任的耻辱感塞满了整个车厢后排，尤其是她们的话题密不透风，在比佛利山庄时这种被排斥感达到了顶峰。我真的成了其中某位描述的我，

“百无一用是书生”“除了案头工作之外再无特长，只会说话，且，只会说中文”。

这真尖刻，我想把她们俩揪下来暴打一顿凸显男性魅力，但显然不成，尤其是我的烂英文在遭遇热情的美国人时，根本无法应付他们接二连三的询问。我真是一个不折不扣的废人，甚至我不知道美国和中国国土面积到底哪个大、洛杉矶有多少个城市、美国西岸与东岸的明显区别等，在知识储备上我又败下阵来。事实上，一个男人若想在两个女人中拿到制导权并处于领导地位，势必要透过某件事引发她们的崇拜。那些在国内熟悉环境中积累的优势在陌生环境里荡然无存，我成为一个被女人携带的跟在身后的宠物犬类的东西，偶尔吠叫，也只是引起关注罢了。

直到老爷车卡迪拉克开锅，这种情况也没有缓解。如果按照另外一种讲故事的方法，我应该在此时防守反击，打一个漂亮仗赢死这两个女人。事实是我也束手无策，当老爷车所有提示灯亮起来的时候，我能出的主意只有靠在路边休息，如同电脑坏了我唯一的方法就是重启一样。另外一个女人轻轻地叹气，她看都没看我一眼，走下去站在车前，然后抠了个什么，打开了车的发动机盖，发动机盖遮住了她的脸，应该尽是失望。

我也走过去，期望能帮到什么，却发现我们无法打开蒸馏水的盖子。不打开这个意味着无法暂时降温，添加机油会显得没有意义，当然，这也是目前我可怜的理解。我从不曾预期自己会遭遇修车的窘境，在国内时总有朋友帮忙代劳，我只添加过一次玻璃水，打开过我车的前盖一次。是的，女孩拧不开那蒸馏水的盖子，我也不能。

我用尽全身力气，只换了半生回忆。

作为一个看起来更壮实的人，男人，我羞愧极了。

只能等车慢慢地凉下来，仓促地开到酒店。我忙碌于整顿当天的灰败心情，那姑娘则在求助专业人士，答案令我喜悦，对方说，要用专业的工具才可以打开。

事实上，在美国要自助加油，甚至自助加水和给轮胎充气，这让在国内只需把车开到某处的我无所适从，我怀着一些歉疚，想着“这并不是我擅长的”睡去。

次日我们在好莱坞找到一家修车店，好命地遇到了菲律宾人Frank，他在看到我女伴的时候眼睛发亮了，而后他打开汽车前盖，像个熟练的牙科或者眼科的医生。他逐一检查了零部件，并说对待车要像对待女人一样。他偶尔停下来发表评论惹得女伴们大笑，如同一个周末秀场上的脱口秀艺人或者魔术师。他很矮，鼻子有些塌，但不影响他修老爷车时的神采，尤其是女伴们向他介绍说这个盖子需要专业工具打开的时候，他用脏毛巾按住那个盖子，然后脸冲向那两个已经神志不清的女观众，说了声“开”，盖子里冒出一股热气，咔嗒一声就开了。

车当然是修好了，Frank 客套地问了我的名字，并和我们约定，如果下次我们再来这里，一定要找他。我和两个女伴鼓掌送走了他，他的小个子看起来格外酷，我坐在车上的时候有点想痛哭。

我也在看前排的两个女人，她们兴奋地尖叫，抚摸着老爷车说你终于好起来了，像帮一匹好马治好了哮喘之后兴奋的骑士。而后路上我不可避免地想到了我的父亲，他就是家里的物业公司，似乎没有他不能修理的东西，甚至在更年轻的时候他还会自己打一些简单的家具，这些都没有遗传给我，除了能在电脑前坐很久，我似乎真的并无特长。

我的意思是，如果一个女人注定要被一个男人吸引，或者需要一个肩膀依靠，总得有个充分理由，而除了天赋体型之外，我们男人的用处到底是什么，这还真值得思考。

我显然不是个好例子，当然，她们也不会选择 Frank。

我又要去美国玩了。这次历时十三天，要去东海岸的大城市，纽约和华盛顿。我看过的《纸牌屋》和《傲骨贤妻》中，很多画面要出现在眼前了。

旅行的意义，大概就在于暂时脱离自己原来的时间和空间。美国这样需要倒时差的，才能让你换脑子。

站在地球对面回看自己的人生，可能是另一种趣味。

热爱城市，所以暂时还没有见过极光。

明年解锁冰岛吧。

应该不会像上文中那么傻了。

而且，再也不租老爷车了。

/// 初夏之歌

念

下午的时候就喝茶，看电影。狗躺在地板上，偶尔叹一口长气。外边是大太阳，日子稀松平常，无风无雨。街道上绿树稀少，路面则横平竖直像尺子比照过般工整，没有起伏，没有山，没有河，只有奇怪的建筑、热岛效应、拥堵的车流、坏脾气的人。城市没有面目，流动的人和事物就是面目。

夏天终于蔫答答地来了，楼下的月季开了，色彩暧昧像塑料拖鞋，不知名的绿色植物重重叠叠。这天还种进来很多竹子，数十个妇女从大卡车上搬下，竹叶迎风发出瑟瑟之声。物业是有心的，将绿地做出层叠有色彩的背景板，偶尔有小孩儿骑着单车过去，歪歪扭扭的，后边跟着一个老太太，在下午五六点的阳光里，影子铺在地面上，大的殷切地看向小的。

这些天，日子过得有些分裂，几乎是不能喘息地忙碌，偶尔要不间断地出差飞行。早上带着浮肿疲惫的脸出门，夜里又拎着不同的东西回家，屋子像个贪食的巨兽，很多东西放进去，再也没有碰过，消失得无影无踪。

我爱看那些过着正常生活的人，可因为作息和总在路上的关系，碰到他们也并不容易。他们骑着自行车，从菜市场出来。一个主妇戴着防止晒黑的套袖遮住手臂，又顶着巨大的遮阳帽，车筐里放着长长的黄瓜和芹菜、豆角，垫底的是西红柿和茄子、馒头、面条，还有半个沙瓤的西瓜。车把被这些坠得有点难以把握，她谨慎地回头张望，又匆匆地行过斑马线，回家去了。

那定是一顿颜色丰富的晚餐，油水不大，黄瓜和大蒜，绿豆粥，红烧茄子，糖拌西红柿，苦瓜炒蛋。写这些的时候在周六的下午五点半，我不那么饿，却又热切地期盼一顿普通的家常的晚饭，而后坐在沙发上看报纸，不停地换台，然后睡下，风扇缓缓转动，像小时候的时光。

但这些竟也不那么易得，家常的生活常被都市单身的人美化，或者真的陷入这些我立刻又会烦透了，并且和爱人争吵，觉得饭菜寡淡，电视节目无聊，不然你盯着新闻节目看上一天，发现大事也就那么几件，只是每个时段重复罢了。

想着这些，又容易把日子过成另外一种：早上起来去买杯大的冰咖啡，戴上墨镜，走进办公室再换成框架眼镜，方便看得清楚电脑和同事的脸；中午订廉价、卖相难看的盒饭聊以果腹；下午两点有点困意恹恹却在开会的路上，和别人稍微争论一下；就到了晚上七点，要么约了饭，要么继续加班；拐过立交桥下路口的时候，一天就算过去了。

那些暧昧在红灯前的情侣，撒娇的某个看向另一个的瞬间，蓝裙子坐在户外咖啡馆自拍，等着男友买来冰茶的那个时候，或者在音乐喷泉下，小孩子还不会伸展手指比出完美的剪刀手，父母站在对面拿着手机拍照，露出发自内心的笑容，这些都堪被珍藏，它们恰巧构成了我这个阶段暂时没有的部分，让人心生向往，可再继续，又“细思极恐”。

初夏来了，光线变得强烈，在这个时候过生日、被祝福，似乎需要这样的特殊形式以验证有好朋友并被他们惦记。

开完生日派对拉着礼物往家走，大概是最难忍耐的时间。生日有个尴尬的所在，就是它提示你有所期待，似乎要获得什么，可其实，你最需要的那个人的祝福从来不会出现。当然，日常时候，这个祝福也从未存在过。

可见，满足想象这件事儿，是非常困难的。

似乎很难见到真正幸福的人，又或许他们真正的恩爱并不拿出来示人，倒是悲伤的故事常听——两个人纠结爱着最后分散的爱情故事便于传播。坏消息流传时，人总会映照一下自己的生活，好像，即便没有爱的，也比有爱却又失去的更好受一些似的。

看微信朋友圈，这是好朋友或者半生不熟的人生活形态的斗兽场：有人爱秀菜单，看得人心里痒痒的，有人爱看生意经，有人爱做自我心理纠正，有的则把这个生生编辑成了一本《读者文摘》——这也不能代表什么，只是一一看下去会觉得有点闹，像在冬日之后迅速苏醒的各种小兽，撒开腿做各种事，并拍照留念。

夏天总像要发生什么，其实和其他季节也没有不同。这个月，好友再度失恋，另一好友正操持她盛大的婚礼，另另一个好友在相自己感觉不错的一次亲，另另另一个好友的妈妈早上被一辆汽车剐倒了。日子倾斜而下，像没法把控的照进阳台的光。

从什么都没有的地方，到什么都没有的地方，似乎有首歌是这样唱的。生动的爱获得起来多不容易，还是爱一些老故事。比如好友讲“文革”时期姥爷挨批斗，楼上的老娘们儿天天在家里大喊：“打倒郭永昌！打倒郭永昌！”姥姥带着擀面杖过去敲门，开门劈头盖脸就往脸上砸，自此无事。

觉得日子无外乎这样，多爽朗。带着擀面杖回来，洗洗做碗手擀面，配上黄瓜丝和芝麻酱，吃上两大碗，能怎样呢？

过。

人，怎么可以断绝碳水化合物？

故乡，就是那一口吃的。

/// 说愚蠢

念

我的脖子僵直，扭向某个同事看过去，和丧尸一样。我最近常在办公室里发火，声大如雷，怒火从屁股燃烧到胸口，很疼。我想身体有感知，所以派落枕来让脖子受限以让我变得安静。昨天在遛狗的时候觉得为工作大动肝火大可不必，其实很多事儿都大可不必，比如买奢侈品、看前任的动向、聊不认识的名人的八卦等等——这岂止大可不必，简直是愚蠢。

愚蠢的事情很多，当然，任何看法都是暂时的，几年后看并不一定还会这样认为。这么想的话，我根本也不需要任何人的同意。几年前，我的两个好朋友去高速上救狗。她们没有吃晚饭，还做了微博直播，为了买下那些狗，掏干净了身上所有的钱，而后这些人形成车队，正义感让这条车队气势如虹，让躺在床上的我自惭形秽。

我想起我小的时候，那时候教室里没有暖气，要生蜂窝煤炉子，我自告奋勇去拉煤。天气很冷，步行推车走回来的时候，汗水湿透了棉衣，我站在教室的门口，好久才平复自己呼哧带喘的呼吸，又觉得自己形象高大。我让班上的其他同学去楼下搬煤，自己瘫坐在座位上。事后多年，我使劲回忆，也觉得自己应该没那么累，我只是需要表现得那么累而已。

救狗是敏感的话题，稍不留神就会被人骂冷血，但我的态度是如果运输狗的司机有各种证件，所有人冲到高速上救狗就是难为一个普通的司机。热血如果需要伤害另一个只是正常工作的人，无论以多正义的名义，也大可不必。

很多人还是说不明白。这跟吃狗肉不吃狗肉无关，我从不吃狗肉，养狗后就更不吃了。我觉得爱狗的最大表现是对自己的狗好，不让它流浪，出门拴绳，不让它走失，还有就是不抛弃它。另外就是，不要随意收养别人的狗，如果没想好的话。我看过一些鲜明的例子，那些临时起意的善意，让流浪狗一次又一次地失去家，不得不去认识新的主人，我觉得这更残忍。

另外愚蠢的就是，我很愚蠢地，总要讨厌公知，尤其是李姓排比长微博公知。我的愚蠢在于我常年看他写的东西，又边看边骂，激动的时候还要在微博上写一条回击——我还真是配得上“自费五毛”的称号。可并不是所有反对政府及权力部门的观点就一定是对的，而所有城管必须丑恶，所有摆摊的人又都有没法过下去的不堪，一个公知的世界如果是黑白二色的，那还真是单纯，而如果这样的东西都能让热血粉丝们剑拔弩张，这个国家就更没有希望。

当年我是恨城管的，我妈把我的一些旧书拿出来卖，权当解闷，被城管的人掀了摊子，又要强行收走那些书。她也不知道变通，说了无数的好话才被放过。她说不卖了收摊回家，发现自行车胎没了气，就推着车回家。给我描述的时候我正值青春期，瘦，无处投递对世界的好奇和怨恨，当时就想抄刀冲出去和城管们拼命，被我妈拦住了。

我有个同学，先参军，退伍后当了城管，我常在聚会时开玩笑挤对他。他也不吭声，有时分辩说其实他们现在日子越来越难过，自我要求也是文明执法。无证摊贩是城市的顽疾，要他们清除的人从来不在他们清除的时候站在他们这一方，举步维艰。我嘴上说活该，也提醒他，你小心，别被人揍了。

我们活在一个大可不必又无可奈何的世界。我想我那推着车回家的妈妈内心一定充满着恐惧和委屈，以至于我现在想起来怒火立刻烧到了胸口。可她的不知所措有的时候和我面对一些事情是一样的，即便我有更多的生活常识和更强的法律意识，我依然有很多不可避免的困境。

人的长大是一个奇妙的过程，有些爱转化成了大的爱，有些恨转化为理解，有些看法则随着时间更迭发生大的逆转。唯一可安慰的是，管好自己的这部分，就是管好了世界的某一部分。

希望多年后，我的这个理解是对的。

/// 你的烦人，超乎你想象 ㊔

滨崎先生拥有一个不令他满意的家庭。他生活节俭规律，认为每件东西都应该放在固定的地方，每个人都应该在固定的时间出现。他像一个生活在规范里的人，当然，其实没有人规范他，是他自己这样规范的自己。

滨崎不难看，他甚至算帅的，但因为他比较规范，所以他看起来和那些职场中的人没什么区别，以至于走在路上，你很难发现他。

他对生活非常不满意，定期去看牙医，和护士小姐抱怨自己的女人有多懒惰、贪吃、没有计划性。他决定和她离婚，因为他根本没想到，婚后的生活是这样的；而那个看起来很有活力的女人，在结婚之后变成了——早上起不来，要赖在沙发上装低血压的女人。当然，她肯定不会把东西放在固定的地方，他在她身后整理，清扫洗手台上的头发，把靠垫放在沙发上，衣服挂好，让家恢复成原来的样子。

他们没有小孩儿，也没有计划要，他们的婚姻濒临破裂（感情当然早已破裂了）。滨崎先生皱眉修剪自己的盆栽，看着妻子打着鼾大睡，他觉得人生充满着绝望，不知道自己还要忍多少年。

幸运的是，滨崎先生遇到了自己的初恋，她新搬到了这个街区，看起来整洁又美好。滨崎先生心旌摇荡，他和妻子签了离婚协议书，内心里大概是想着要和初恋重修旧好，不过他没有表露出来，那太不像他了。

这是我看过的日剧《最完美的离婚》的前几集。

接着讲，有一天，滨崎先生要跟初恋表白，确切地说，是要借机展现他宽广博爱的胸怀，前提是他发现初恋的丈夫有出轨的行为。他的正义感复苏了，觉得要拯救她于水火于懵懂无知，他似乎十拿九稳胜券在握，觉得这个女人或许还爱着自己吧，不然怎么还会和自己聊天呢？

于是他对初恋说：你的男人有别的女人。初恋说：我不在乎。而后她笑着说：你不要还以为我们会怎样。你知道吗，当时和你分手，我内心想的是，这个男人怎么不去死啊？

而后她说，那时候，自己很投入地听一首歌想跟滨崎先生分享感受的时候，滨崎先生说：这是什么恶心的音乐啊？

滨崎先生立刻被击溃了，他骄傲的自信的坚定的心，在这一刻全部瓦解。他需要重新回看自己的生活，以及当年谈过的这场恋爱，还有这次久别重逢之后充满着自以为是的“可能复合”。

我的心也随着滨崎先生沉入深深海底。真的，需要思考的是，我们自己认为的自己，真的是大家认为的自己吗？我们是否如滨崎先生一样被生活支配，完善及满足自己的需要，苛责其他人以维护自己的想法，坚定自己的审美甚至为此需要驳斥其他人是错的，认为自己值得被爱并拥有无尽的选择权，包括现女友深爱我们，前任则永远对我们保留着复合之心，她们心中充满留恋和不舍得，因为我们就是一个完美的人？

我们每个人都像滨崎先生一样，自以为是地认为自己就是个完美的好人啊。

类似滨崎先生初恋女友说出的真话，大多人并没有机会听到，但真的不妨碍她们内心真的是这么认为的。

而后我的一个客户打电话给我说工作的事情，我有点儿烦躁，他听出来了，他像日剧的男配角一样说话，像被翻译过来的一样，他说：哦，你安心做你的作家好吗？明明不适合做销售。

是哦。我像个男主角一样认真地作答：我也不大喜欢呢。

我说话也像翻译过来的一样。

嗯，我没有陷入自卑的情绪，感谢滨崎先生让我变得警醒，去重新审视自己：这个自认为幽默、乐观、有文采的男人，是不是真的那么招人喜欢？而后不狂妄地想，嗯，哪有那么多人爱你哦？

面对别人眼中的自己，是件困难的事情。

那怎么办？

也只能这样了。

/// 性事漂流

念

一个好朋友的朋友，直男，有一次在国外喝多了，大概是在伦敦，要断片儿的那种，边走边想吐，最后实在找不到垃圾桶，就把头塞到了回收旧衣物的路边装置当中——那种类似瓶子的，可以把衣服塞进去的东西。

是的，他醉醺醺地把头塞进去了，然后就拿不出来了。

有个人走过来的时候，他觉得有了被救的希望，然后他被强奸了。

什么！

对方也太不讲究了吧，不看脸也可以！

是的，这大概是他喝酒付出的最大的代价。

报警也无济于事，事情不了了之，因为他确实没有看到对方是谁。一个人把头塞进了一个路边的洞里，另一个人把另一个头塞到路边另外一个洞里，这个本该带有悲惨意味的犯罪故事，因为太多不合理元素的加入，变成了另外一种奇谈，被带回国内的时候，夹带了讲述者暧昧隐藏的幽默感和恶意。若在国内，这种社会新闻的标题大概会引发巨大的微博转发率和点击量，入主没品新闻至少前三的席位。

更有甚者，说两夫妻造访东瀛，到了 A 片之国，必须体验下资本主义的花花世界，说可以和现场的 AV 男优女优合作拍片子，还可以送光碟。两夫妇商量了半天，送了老婆进去录，出来了，自己再进入，发现是高头大马俄罗斯大妞，一下子，就……带着两张老婆的光碟回来了。

这可能是个笑话，由一个可老实的同事讲给我听，让人百味杂陈。男人间的聚会有时候聊这些无法屏蔽，终于，我们到了谈性也不再尴尬的年纪。

还包括性八卦，比如某位和某位一晌贪欢，过于沉醉的时候，男人的那话儿折断了，叫120接走了，于是另一位得了“分筋错骨手”的江湖美誉。这是江湖传言，传言一关乎床沿，就更有传播的效力，以至于再见到主人公，会觉得对方衣冠楚楚义正词严好尴尬，但这也是无法落实的传言，主人公就好冤枉，意味着永远无法澄清。

一个朋友的朋友，据说那话儿极大，加上皮肤白，被笑称为“白色巨塔”。后来“巨塔”有了爱人，我看到他爱人就觉得略显脸红，两人飞速同居，我又笑“巨塔”说，是高铁的速度。

这是爱附赠的荤段子，现实里没人把这事儿放在桌面上说，甚至没法在沙发上聊，可它确实又存在，影响着我们如何面对一个人，甚至让我们更加爱一个人。我找了一些朋友，认真跟他们说话，把这当作一个课题。他们都该是对性有需求的年纪，可现状和结果不尽相同，我想，这就是无法完全如意的人生。

报纸上说百分之八十的香港人对性生活不满意。我与一个香港人聊，他误会了我，觉得我在埋汰他们，想来这是香港媒体长期宣传不力造成的。他说对比上世纪，香港人的平均收入只增加了百分之三，加上环境变差，游客增多，人相处的空间变得太少，对性不满意是自然的。

性是爱的表现，有的时候是单纯身体的表现，是把自我交付他人的最高阶方式，也是一个人和另一个人最无障碍的沟通；或者不用把它说到这么高，它应该是像吃饭睡觉一样的必需品。

可，其实也像奢侈品一样。

我无意追究原因，只是想呈现一些状态，这些在大数据中特别满意或者特别不满意的个人样本。性观念是人生观、世界观、价值观的综合体现，起先我不信，后来我信了。

我也不是调查记者，好在有颗好奇的心，和一张真诚的脸，他们启齿是因为我并不猥琐。我问一些问题，他们做一些回答，有时候也笑场了。

电影里，范伟说，等到荷尔蒙彻底不分泌了，也就踏实了。

那种踏实，大概会挺悲哀的。当然，如果彻底不分泌了，连悲哀也许都无从分泌，最终感受到的只是长情与陪伴。

今天看了一段话说：上半辈子是激情，下半辈子是亲情。

这好现实啊。只怕，在该有激情的时候，错过了最好的人吧。

/// 欲望的启动键

㊎念

大肉肉是个肉肉的男孩儿，我残忍地形容他，这些年完成了一个生命波动，就是胖胖胖瘦帅胖胖瘦帅拐。

他最帅的时候喜好踢球，摔了一下，拐了。

糟糕的是，这时候他刚刚结交了一个女朋友，女朋友大喇喇的，属于跟他出去玩儿，男生都喝多了，能一个个把他们扛到车上的那种。

他拐了，一条腿打满石膏，躺在床上迅速复胖，又像之前的年画娃娃。女朋友略显含辛茹苦，帮他跑前跑后，单亲母亲感。

他没觉得不好意思，她就是这样，无欲无求。

说起欲，大肉肉对她有点儿不满意，无非是不够细腻，好像也并不乐在其中，姿色也平平，和他相识的过程毫不离奇浪漫，就是在一块儿玩儿啊，玩到一块儿了。她短发，和男生说笑打闹，也算是半条汉子。

半条汉子没觉得怎样，也不抒情，有时候看着大肉肉躺在床上叹气，说蚕宝宝什么时候能破茧成蝶——主要是现在过重啊，搬动起来困难。大肉肉不吃，饿；吃了又要扶着拉屎拉尿，太重了。

他心里着急，不能上班，几乎像霍金一样，只剩下脑子活跃，更别说别的。有时候跟她亲吻，有时候真的想要，她像无心应对，草草迎合他后便转身擦地去了。

终于有一天，他去厕所，竟然是独立的，腿像突然在这天得到了大脑的呼应和使唤。他扶着墙走到厕所那里，自己独立完成，又转身出门。关门的时候他觉得自己回到了人间，脚踏实地的感觉真好，三个月来他真是躺烦了躺腻歪了，世界里似乎只有天花板。

他转身关上门，看到她坐在沙发上整理毛毯，突然抬起头看到站起来的他，呆住了，然后说了一句“我靠”。

就哭了。哭得很厉害。

她很少哭，吵架都不哭，这次哭成这样，他感到心里被狂揉了一下。他突然觉得，天地之大还是有一个人这么在意自己——好与坏，躺着或站立，胖一点儿或者突然瘦了——并为之揪心。

他抱着她，然后就发生了一次难忘的性爱。她的眼泪把她的坚硬泡软了，像新剥开的荔枝，让他觉得应该珍惜、爱抚，在赏味期限内尽情吮吸。

这应该是他和她最完美的一次。

当然次日，腿更瘸了。

大概活动量太大，他的腿没有往好的方向恢复，他又委屈地躺在床上，蚕宝宝破茧没有成功。

她看着他摇头叹气。他吸了吸鼻子在床上躺好了，觉得很累，睡得非常安稳。

/// 沉默之慌 ㊎

女孩凌晨就到协和医院去排队。天黑压压的，人群也是，有的拖着老小赶赴这里，有的则一个人，沉默不语，像开口就会惊动什么。大家没有说话，不吵不闹，像等待宣判。

女孩也在等待宣判。妇科，她发现自己身体上多了一个东西，这秘密她隐藏了很多年，不敢说，也没有问，来月经的时候肚子疼，妈说：嗯，等结婚就好了。

她也没有再追问，忍受着每月一次来潮的腹痛，或者鼻尖上暴了一个痘，它们是痛苦来袭的警报声。妈不以为意，像疼痛是女人必须要承受的东西，这些每月一次的小坎儿，像极了未来更大疼痛的伏笔，你的肚子里将有一个肉团团，然后发育成人，叫你妈妈。

女孩没有想过做妈妈。她算是漂亮，面容姣好，又被培养得白皙娴静，有好多男孩约她，又被她的冷艳击退，又有人被她的冷艳吸引，又被她的冷艳击退，如此循环，到了近三十岁。

他是她的同事，后来算是朋友。她喜欢一个男星，那人大腿粗壮，面如冠玉。好看吗？她又似乎不能判断，只是觉得看上去很舒服。追她的男人不让她觉得舒服，当然，也不算讨厌。在长相这件事儿上，她似乎从来没有明确的判断，但别人说，那男的真不好看。

不好看的男人，优点就很明显，比如耐心，只会傻笑，或者傻呵呵地开车出来接她，吃完宵夜，又送她回去，再或者有天下了大雪，她下楼的时候男人热好了车，端给她一杯热豆浆。她像韩剧里的女孩儿吧，大围巾裹着，素净着一张脸，双手端着豆浆哈气，真是一幅美的画面。

男人傻笑，露出参差的牙。

他算她的男朋友，终于有一天她答应了，他笨拙地吻她。她有点儿想推开，最终真的推开了，男人又傻笑着，很开心的样子。

有时候一起吃饭，有时候一起看电影，他们像模像样地谈恋爱，只是不能做爱。女孩经常推开他，包括他呼吸变重时伸向她胸口的手，还有凑过来颤抖的想好好吻她的嘴巴。

有些事儿要等到结婚后再做，她这样认为。像没谈过恋爱一样笨拙，好朋友的男人换了一个又一个，她还是那个。他们偶尔谈到未来，偶尔又像很享受现在一样，有时候她靠着他觉得天地荒芜，也没有什么目的。男人习惯了被推开，也只好隐忍地等着，依然爱傻笑。

你爱他吗，小龙女？别人听说这些很惊慌，又好奇，这样的人在现代社会，真是让人难以理解。她说：爱吧——爱是什么呢？

反正其他试图陪伴她的人，都被她冷艳走了。

男人到现在也没有得到她。他们偶尔一起过夜，牵着手和衣而卧，她听到他心跳扑通扑通很大声，又感觉他手伸到半空最终放了下来。她隐隐觉得对不起他，后来又坚定地想，有些事需要结婚之后再做。

何况她还有不同，跟其他人的不同，这天来医院看，也是觉得，仿佛多的那块东西，似乎有癌变的迹象。她在洗手间大哭，觉得也对不起男人，竟然还没有给过对方什么，就要面临离别。那个时候她深信红颜薄命，或者想得更多，想起妈说“你要好好找一个人家”，后来过了一些年就叹气，说，别那么挑了。

医生让她把腿叉开，那真是令人屈辱的器材，把女人供奉出去，又有大灯烤着。医生说：你怎么了？

她说：是不是多了什么东西？

医生仔细看了看说：什么呢？

她说：那粒小的。她声音颤抖，指给医生看。

医生觉得早上非常忙，为什么还有人添乱？阴蒂有什么可看的？

女孩说：难道不是病变吗？

医生突然板起脸说：大家都一样，好吗！行了，下来吧。

女孩下来。医生说：真不知道你们小时候生理卫生课是怎么讲的。

她觉得医生在骗她，有些将信将疑，说：没讲啊。

医生说：看得出来！确实没讲！反正你没事儿！

她扯了扯衣服，离开了医院，心情并没有变得很轻松，依然很慌。

后来她和闺蜜分享了这个，闺蜜笑得要请病假，又说：你们结婚的时候，我肯定不去闹洞房，你们好好享受……新婚之夜。

生

sheng

在真相中慢慢长大，获得重生

/// 终将忘却的前任 ㊤

这个冬天，我写完了一个剧本，那真像一场从某处开始却不知道到何处停止的……没有设计的旅程，像谨慎迈开步子迎接即将到来的未知生活一样。

这过程并不有趣，甚至有的时候让人觉得无望和艰难。我在写完之后长舒了一口气，然后和里边的人物告别，之后就陷入了困顿中。忙时毫无思考的间隙，闲下来慵懒不堪，读书时间被减到了最少，我终日与手机相伴，花钱下载游戏，用微信和好朋友说话，似乎不能停歇，或者在困极了的时候迅速睡去，又做各种乱七八糟困难的梦，早晨在混沌中醒来，不知身在何处。

这不是好的生活状态，更糟糕的是，我似乎失去了感知生活的能力，无法发现什么乐趣，也不能总结观点。秋收冬藏，可能到了冬日的不应期吧，我想。

可我还是会想起你，像思念一个重要但面目模糊的人。有时候和别人谈起往事中的某个场景，甚至要思考下是不是真的发生过，或者在没人的时候，试着叫一下你的名字。这个熟悉又陌生曾经非常重要的出现在生命里的人，真的存在过、和我发生过联系吗？

明明只过去了一段时间，可，怎么像爱过了好多年？

我们没有再联系，这些年来，每逢你生日的时候，我都想发个短信给你，可我无法判别这是否是种打扰。我理解的是，若一个人不联系你，大概就是他并不需要，所以选择三缄其口。很多次我清理电话本，到你的时候我都跳过了。

昨天深夜我降落在北京，从 T3 航站楼走出来的时候，衣衫单薄，脚步从容，冷风刮起，是冬日该有的情境。然后突然想起，似乎爱过的人里，只有一个你在机场等过我。我发了这个小的感慨到微博上，那些细读过我上一本书的人说，是啊，是那个等你半夜耗尽一个月流量的人啊。

是的，是你，即便我到此时，再讲这些话略显羞愧——像与人攀谈，不宜聊及爱情，谁也没有更大的空间储存旁人的旧事，只在某些细节处找到共鸣，为此击掌相庆。

失去并不算是偶然，尤其在这冰冷的大城，人们渴求温暖，却又懒得伸出裸手，将全身温度交付风中。

我常常会想起你，又常常为这些想念感到不值，因为你看起来还是轻松无碍的，似乎从不会惦记我，可我看起来又何尝不是？

我还会想起你，比如路过你工作的旧地，想我也曾在楼下苦等，然后看你终于下来，在路灯下笑成好看的一张脸，或者路过某个饭店，里边也有一些单品，我们每次都点，默默低头吃完，一起回家。

有时和某个小朋友聊天，她也回忆自己的前任，说得云淡风轻，但我知道她还是爱着的。她买了大电视给他，他就在当夜孜孜不倦地研究电视，她坐在沙发上看着这个背影发呆，真是，像开了机就忘了到底要去干什么一样。电视兀自响着，新机的塑料味儿还没褪去，他们就分了手，似乎没有瓜葛。

她以为会在很多场合碰到他，但都没有碰到。她化了妆去看晦涩的文艺电影，回来之后有些失望，自我解嘲地说，还以为能碰到呢。

我们开车路过长安街，这里严肃又整洁。

她在那个下午叹了一口气，时间过去了多半年她也没有再恋爱，她没有当着我的面哭过，但我知道，很多时候，她都很想他。

思念不是什么可耻的事，尤其是在这冬日世界并没有那么多生动的可聊可看的时候。

只愿你得偿所愿，好好生活，不要再为思念所苦，更不要为求得某种理想状态而折磨自己。若有人爱你，愿他真心对你；若他真心对你，请你好好珍惜。

谢谢你，让我曾饱含深情，也请你知道，我终将把你忘记，像现在你也不知道我记得你一样。或者到最后，我们终将将彼此忘记，但因为我为你写过这些字，终究是我忘记你慢一些，但在这么长的人生里，有人值得自己如此，是多好的事。

你要知道啊，人们只承认那个深爱和在意过的人，把他，作为前任。

/// 迟到者 ㊤

我是个极其害怕迟到的人，除了所谓的时间观念，我想主要是因为小时候怕迟到被惩罚，加上我运气不太好，日常考勤都好好的，一遇到迟到我总是遭逢大的全校检查。小时候被关到过学院大门外，还有一次，被数学老师用教鞭狠狠地敲了脑袋，那几个包，一周都没消。我也没敢吭声，觉得是自己活该，这么多年过去，我仍然清晰地记得那教鞭敲在脑袋上的钝响，还有隔着头皮感受到的嗡嗡的痛感，虽然我真忘了我是为什么迟到的。就这样紧张着，也就慢慢长大了。

现在的工作比较自由，工作时间没卡那么准，更不必像哥哥那样，需要打卡上班，受时间约束的，就剩下周一的例会。例会类似古时候上朝，要全部高管出席。我的部门所辖人数太多，所以我这样的头目就很显眼，每次都被第一个叫起来汇报工作，慢慢成了例会的习惯。

这当然是件有压力的事情，我又养着狗，所以即便是九点半的例会，我也需要七点半起床，用来遛狗，洗漱，准备早餐，换衣服出门，应对恶劣的交通，两个小时并不充裕。

这种紧迫感连带到了周日，以至于周六的晚上就开始紧张，到周日下午的时候，心里便蒙上了一层阴影，惶惶然想不能睡太晚吧，书也看不进去，很多聚会不敢约，怕稍微晚一点，回家就崩溃似的要快进着来过。

迟到对于我是最不能被允许的，因为这是自己可以控制的。生活中有无数的变量，关于别人、世界，甲方、天气、路况、男女朋友，他们都不受控，我们可控制的，只有自己，可又无法控制愤怒、想念、爱一个人，所以我们可控制的，只有肉身——如何行走、几点起身。可我们又被疲惫所累，被疾病纠缠，被失眠困扰，被听不到铃声睡过了头耽误，这样深究下来，我们连自己的肉身也不可控，这真令人惆怅。

大多数时候我不这么想，甚至更旗帜鲜明地认为，没有会刻意迟到的人，只有不够用心的人。这样说难免武断，我也发现，爱迟到的人，还真的是风雨无阻地迟到啊。

我常想体验下姗姗来迟者的感觉，比如最后一刻灰溜溜地步入会议室，在众目睽睽下和老板的怒火中坐定，他们内心是不是也有些慌乱，也为耽误了大家的时间感到些许不安，但我没从他们脸上发现什么，他们很快就忘了这件事，面色回复如常，坐在那里。

准时的好处是什么，似乎生活并没有明示给我，倒是那些不准时的，容易被看出轻松惬意和好命来。相较于他们，我似乎更容易在偶尔迟到的时候被抓个正着，或者只是偷懒不写作业，就被老师叫起来抽查。命运系统里没有巧妙错过这件事儿，如果有，也只错过一些真情，比如在不对的时候，遇见对的人。他们擦亮眼睛，看清自我，让我成为真正的迟到的人。

三观正确的话，我更愿意奉劝你遵守时间，于人于己都是一种尊重。可客观地想，我又愿意尝试偶尔放松一点的生活，并不是所有时候都需要那么准时，这样的所思所感，在我这个年纪，算是对自己的一种放纵。

/// 风至佛罗 ㊤

在预定的情境中到达三亚龙沐湾，透过车窗看出去，白云蓝天。

这在北京极为稀有。

空气更好，像被洗过，当地的伴游说，这里每天睡五个小时就够了。

我不信，次日果然在清晨六点醒来，前来勘景的小辛起得更早，他四点四十五分醒来，坐在酒店的阳台上看天光渐亮。我说他是文艺青年，说他在天光中梳理感情、感受独处之美，他没有否认，他说：你看那些层次，是描绘不出的层次啊。

我不爱住酒店，觉得它们华丽、单调，千店一面，这次却不觉得。酒店分成若干幢，我们入住5号，楼宇间被泳池包裹着，旁边是仙人掌、椰树或者其他灌木，绿得不真实，还有自动喷水设备，在热带的阳光下哧哧作响，水花飞溅。

去看海，远处是淡蓝，近处则黄一些，因为还未开发，几乎没有人迹。接近岸边的沙极细，伴游说，这里是落日海滩，夕阳最美，酒店建立时海边尽是虾田，后来才变成这样。

我们看夕阳，远方两种天色，大海尽头，一边晴，一边则闪着雷暴的样子。远远地有霹雳打在海面上，没有声响，所以我们赚到了，一次欣赏到了两种落日，那血红色的太阳，隐在半明半暗暧昧的云里，染红了整块西天。

我提议到镇上去走走，那里叫佛罗。当地人开着机动摩托车来接，像跨子，但更大一些。说话听不太懂，像泰语。司机是中年妇女，肤色很深，看不出年龄，似乎也没有表情。

一路上我们没法说话，因为篷顶风极大，又是天色已黑，没有路灯，仅靠机动摩托车的一束光来照亮前路，引来无数的飞虫，啪啪地打在脸上，被撞得生疼。

说是古镇，已经有了翻新的迹象，这大概是中国城镇化的模板，都如出一辙。街上也矮矮地建着一些门脸儿，匾牌错落，各种店，都很开放的样子。

门口坐着若干人闲聊，都肤色很深，穿着肉色的拖鞋，男人光着脊背，抖着腿，女人偶尔站起来拍着孩子摇晃，灯泡的光是晕黄的，让人想起二十世纪八十年代的老家。

伴游说，你看他们，白天就坐在这里，一直坐到晚上。

也有电器店、化妆品店、小的超市，卖的东西和全国各地差不多。我走到集市里，想看看水果。佛罗被称为“蔬果之乡”，我看了大吃一惊：苹果显得干瘪且小，梨子也不是很健康的样子，葡萄就更别提，像……考试没有考好但硬着头皮回家的小孩儿。

我象征性地买了几个橘子，看着口水都流下来，应该是很酸的。卖水果的妇女招呼我说：小弟你再多买些咯。

天不是很黑，我看着她黝黑的脸说：我哪有那么小，你叫我小弟。内心还是高兴的，又检阅自己全身，觉得一定是哪里显年轻。

她说：我今年四十。

我放下水果走了。

黑还真是看不清年龄——我说的是肤色。

我坐在黑暗里喝椰汁，那是一个路边的小摊子，摊主坐在那里抠手，头上有个黄灯泡，身边一堆大个的椰子。从镜头里看过去，简直像幅美妙的画，可对她来说是正常的人生吧。

她说五块钱一个，麻利地拿起砍刀，判断下椰壳表面的走向，几刀下去，椰子已经被去掉了“天灵盖”，再用刀剜出一个孔，插上吸管，天然的零添加的饮料就做成了。

当地人还喜欢把椰汁弄出来，放入西瓜和其他水果，或者还加了一些炼乳，调制成一种水果羹，很清火。

但椰汁对我来说，就已经非常难得。我大口喝完这个，百无聊赖地看这镇子。这是镇中心唯一的主干道，旁边各种商店和招牌，还有台球厅，赤膊的男人们打着台球，也有一些非主流青年，头发染着便宜的颜色，坐在摩托车上，大笑着飞驰而去，风吹起衣角。

我们吃了一些蒸饺，又喝了排骨茶树菇汤，大汗淋漓。

觉得日子格外平静，有人生老病死，都在这一条长街。从这里到那里，都没有什么不同。

而后，我们又坐着机动摩托回到酒店，到大堂时灯火已经非常亮了。我想着刚才暗暗的小镇，觉得一切似乎没有发生过。

远方，大海寂寂无声。我们如此平凡，海浪声中，并无新事。

/// 加州的我 ㊐

于 11 月初降落在洛杉矶，进入美国领土的这一刻正是这里的秋天，觉得空气中有种奇怪的味道，当然，并不能嗅出自由来。我“very poor”的英语只够我说“pardon”要求海关人员重复他的问话。他看起来像个亚洲人，打开了我的箱子，戴着蓝色的一次性手套，翻了下我的衣服，询问我带了多少美元。

没有查出什么，我想他有些失望，然后他问我：“你待多久？”我说十天，他说“enjoy”。

这十天并没有计划，我只知道这里有好莱坞和环球影城，其他一无所知。好友在这里的 Chino Hills 诞下一个男孩儿，取名邦邦。房东过来接我们，走高速公路回家。见到好友和她儿子的时候已是深夜，那婴儿像跟我们还没有关系，一味在睡觉，头发很好，看起来湿漉漉的，耳朵特别小，鼻孔晶莹，只出生两天，像只表情古怪的猫。他打着哈欠，偶尔皱眉，不怎么睁眼，显然还没有办法适应母体外的世界，似乎在寻找什么，耳朵和肩膀上的绒毛清晰可辨。

我们坐在她凌乱的房间里，拍照、拥抱，停下来就面面相觑。同行的另外一个好友Nancy，看着孩子，白羊座的个性突然发作，竟然流下几滴眼泪来。初为人母的那位刀口儿还在疼着，表情平淡，抱起孩子的时候也并不像一位母亲，像跟这个肉团尚无关系。

这是个雨夜，空气清新冷冽，说是之前四个月没有降雨，孩子邦邦在雨季开始时降生，比预产期早了七天。

我们看过孩子回酒店休息，整个别墅区分外安静，没有人迹。望着邦邦亮着灯的房间，我在内心叹了一口气。终于，在这个年龄，开始迎来送往，直面生命的规律。

第二天，因为时差的关系，醒得很早。走出酒店抽烟，是大晴天，云彩气象万千，像大片里的景象，也有凉风，吹得酒店前的星条旗猎猎飘扬。我去星巴克吃早饭，店员是中年人，咖啡很香，食品柜里的面包看起来坚实硬朗，竟然没有芝士蛋糕，看起来也不精致。

之后我又去逛7–11超市，并试图在每个区域寻找熟悉的产品，折算成人民币比价格。四分之一的区域都是售卖饮料的自助区，大的杯子，足够量的制冰机，有黑人妇女大声响地走过来，打走满满一杯的“哥伦比亚”。店员破开了我的第一张一百美元，显然，他不大会算术，点钱笨拙无比。后来邦邦妈妈告诉我，嗯，美国人很少拿一百美元现金出来消费，算术真的不大好。这算是一种印证吗？就像邦邦爸告诉我，别墅区里还有狼，他还看到三只小狼狗在追一条狗，偶尔听到有狼叫。这听起来好传奇：星巴克、7–11超市、壳牌加油站和狼，魔幻现实主义的美国，洛杉矶。

此行我们以伺候月子为名，吃过早饭后就去当地的华人超市。

路上竟然听到中文的广播，主持人的普通话听起来有点洋气的做作，竟然聊到刀郎。

超市里人也不多，在蔬菜区没有买到大葱，但一切食材，看起来都很新鲜的样子。海鲜区龙虾大如猫，双螯看起来孔武有力，价格是一磅6.99美元。我们选了隔壁柜的海螃蟹，四只只要15美元，个个都有手掌那么大。结账的收银大姐该是台湾人，提醒我们还有更便宜的西红柿，又说这个保温壶40美元是不是有点太贵了。我们陷入初到这里的兴奋中不以为然，这种不拘小节让她有些意外。她纹了眉毛，声音有些甜糯，看起来生活安定的样子，全无国内超市服务人员的急切浮躁。

之后，我们返回住处做饭，沏了乌龙茶，烧白菜豆腐，做地三鲜、酸辣藕片，蒸大螃蟹和米饭。邦邦在楼上睡觉，对外界一无所知。

房东跟我们说，这里真是，好山好水好寂寞。

而户外，天高云淡。

七天之后，我再度打开这篇文档，此时，我已入住西好莱坞，连续几天流连在一号公路的海滩上，从圣地亚哥到拉古娜岛到圣莫妮卡，那些似曾相识的名字，美式的大早餐，高头大马一样匆匆而过的跑步的人，那些街心的绿地，迎面而来的微笑，随处可见的不知名的多肉植物，混合着加利福尼亚炙热的阳光，像首老歌包裹着我。

此时，旅程将尽，我望着大洋彼岸默默地想了一会儿，我见过别的世界了。

我愿这世界人人平等，走在路上像一个人，又像一群人，每个看起来都一样，可又那么不同，过马路前先停下来，不那么急，也不大声鼓噪；我愿这世界各种爱各种归宿，每个人都享有阳光、海水、绿色植物，并为此感到愉悦；我愿油价没那么贵，车子坚固实用；我愿尚有经典可以模仿；愿孩子呼吸自由，在真相里长大。

/// 只当离开，也是一种缘分 ㊓

我把我爸的身份证儿弄丢了。

这真让我气急败坏。他千里迢迢地，把身份证快递过来给我用来做车的过户，借此实现“名下有车”的小理想。结果，周二我亲眼看到身份证寄到了，亲手把它和其他材料整理在一起，周六的时候，唯独身份证不见了。

我看着我自己的身份证发呆，觉得那张脸真适合揪出来抽一抽，硬着头皮给爸爸去了一个电话，满口都是对不起。

我爸说：别着急，再办一个不就完了？

毫无意外地，我得到了谅解，甚至我爸帮我开脱说，越找什么的时候，越找不到，等你不用了，它就自己跑出来了。

我放弃寻找，在办公桌前等了一会儿，它并没有自己跑出来，而后我恬不知耻地对我爸说，那您把我妈的寄来吧。

放下电话，我发了个朋友圈让大家抽我，以此谴责我的不靠谱来求得安心。大家真的答应了我的要求，抽得此起彼伏的。

我内心难过，觉得我爸没训我，是种权力消退的表现。其实在我长大成人之后，他已经变得不再爱做决定，更多的时候，意见都是“听你的”。我为他能听我的感到欣慰，又隐隐觉得不安，我的爸，终于是老了。

他逐渐温和起来，不再强调什么，满眼都是疼爱，又殷切，偶尔叹口气说，你在外边真是不容易。看到我给妈买了衣服，就在一旁无声地笑。我不知道他内心是怎么想的，大概有所依傍也是件幸福的事，反正我和哥哥逐渐长大，他和妈妈，慢慢成了默默跟随的人、簇拥的人、听话的人，比如被要求穿什么样的衣服鞋子，或者强行给他们换了智能手机。

他们就嘿嘿地笑，基本没有反驳。

可他原本不是这样的。我努力搜索记忆中的他，年轻的他，骑着自行车往家驮年货的他，在冬天要来的时候储存大白菜的他。

后来惊觉，我记忆中的他，是他在我这个年纪的时候吧。

我陷在一种恐慌里，像被突然委以重任的新兵连战士，或者推开门才看到自己在楼顶的那种无力感。

好多事情，必须自己面对和决定了。

也是在那个月，奶奶去世了，89岁，没有病痛，算是寿终正寝。我被通知回去，奶奶已经不在这个家了，她离开这里，没有留下什么话，也没有给爸爸增加任何负担，屋里整洁如昔，只是人不在了。

我无数次设想过这样的画面，终于还是在遗像前，哭出声来。

我想写很多的字给她，可又发现无从表达，后来我说，只当离开，也是一种缘分。我甚至默默地说，谢谢你，守护我这么多年。

唯一的好处，就是我再也不用为你担心了。

那是2013年，接近岁末的时候发生的事。北京总是无风，天气似冻非冻，到了下午四点半，就被霾笼罩得很黑，暂时还没有下雪的消息。商场里人很多，路一如既往地堵，电影院里正在放着一部大导演的电影，它的笑点已经不新了，也没有结构，更没有讲任何故事，小品化很严重，但我还是被一个点戳中了，并且流下泪来。那时宋丹丹正用湿巾擦掉自己脸上的妆，背景音乐是《时间都去哪儿了》。

时间都去哪儿了？它让我们长大，又让他们变老，还让他们离去，也教会我们如何面对这些。

那就是，即便你百般不愿，可也拿它没有办法，唯有节制，或者将悲伤大口吞下。

/// 漂亮的翻云覆雨手 ㊤

漂亮的女人，同龄人是套不住她们的，尤其是，又漂亮又聪明的女人。

我身边的女性朋友大多只占一样，要么聪明，要么又傻又漂亮。我把这个告诉了她们，她们都说自己是后者。

我对又漂亮又聪明的女人没有好感，一则是在她们面前我常有露马脚之感；二则她们太善于掩饰我露出马脚之后的尴尬，这让我更加尴尬。

汤小姐就是其中的一位。汤小姐肤白人美，主要是肤白，美也说不上特别美，算是一种独特的韵味儿。怎么说呢，就是那种站在人堆里，你一眼望过去，因为她也望着你，你心里就咯噔一下的感觉。

丹凤眼儿，笑起来跟能飞似的。

我和她没那么近，只是普通的朋友，大部分时候友好，因为我有怕聪明漂亮女人的怪毛病，就一直无法走近。

一开始是同事，后来她成了离职同事的同事，更无从相见，偶尔在公开场合碰见，大家都很优雅，寒暄两句，知趣地避让了。

我常常觉得，这样的女人，肯定是通达情事的。自小就被追逐、被照顾，或者爱过浑蛋，最终分开了，修复伤痛在她们聪明的掌控下变得很简单，至少看起来如此。

她们对爱并不苛责，因为不难获得。

唯一需要抗衡的，是和普通女人一样的时间压力，或者面对爱时一样的无助感，但她们因为聪明，并不显露这些。

最近听说，她在星巴克聊天，聊着，就觉得身上有道不离不弃的目光——是个看起来温文尔雅的中年人，过四十的样子，两鬓也斑白了。聪明又漂亮的女人让毛头小伙无计可施，却拥有打击中年男性的致命吸引力，那经过岁月雕琢的、更聪明的劲儿，会让他们觉得安全、放心、更加从容。

男人递了名片过来，说要认识她。

她收了名片，也回递了一张。

具体的故事没有详细了解，反正在聪明漂亮女人的世界里，这是件水到渠成的事儿。于是汤小姐，就嫁给了这位在星巴克认识的家底深厚的中年男子，男子也是初婚。

这故事被传来的时候，我一点儿都不意外，即便在传说者的口中，这带有点离奇的性质。

另外一位肤白人美小姐，走的是另外一条路。她快沦为大龄剩女的时候认识他，他还是初出茅庐的毛头小子，她也试图表白，后来看小子按兵不动，就绷着劲儿准备放弃了。

约小子下楼来谈，对方还是意意思思地不肯明示。她一怒之下仰起了脖子，说：那咱们就这么着吧。

聪明女人不说怎么着。当时下着大雪，她开车去了离北京最近的海。雪那么大，把前风挡都糊得严严实实。我忘了她有没有哭，据说她开一会儿就停一会儿，停下来就往前风挡上倒玻璃水，最后是到了。在北方的黑色暗沉的沉默的大海边上，小子追来了，表白了。

这是我想象的画面，反正，差不多就是这样的。现在他们生了一个大胖儿子，我看了照片，内心给他起了个外号：巨婴。

自从漂亮女人产子后我们就没有见过，理由真是非常处女座，说她没法化妆以及出于某种需要没法染头发，所以不能见人。

我决定最近要去见见她，抱抱她的孩子，以及聊聊她的漂亮情史。

漂亮女人故事多，有的时候她们不讲，你只能凭借想象，但这样的事实告诉我们，爱有的时候靠天分，有的时候靠打拼，重点是你要走什么路，朝向哪个方向。

/// 红的权利及必备条件 ㊤

红真的很难。

除了祖师爷赏饭，还要加上努力和运气这样的佐料，我对此深信不疑。是谁说得那么对，“以我们现在大部分人的努力程度，还到不了拼天赋的地步”。

你坐在我的办公室叹气，化了很浓的妆，睫毛飞扬，表情生动，看不出眼睛里是什么。我仔细地看着你，突然觉得，鼻子眼睛眉毛，被浓重的颜色覆盖着，看不出底色，有点儿不真实，有点儿吓人。

我把我的感受告诉你，你走到镜子前低下头来看，又笑着回来说，是哦，好吓人呢。

你坐下来准备喝一杯茶。那是我最忙乱的一个下午，我被琐事逼得没有退路，你坐下来的时候我还紧锁着眉头，你试图让我开心起来，其实我知道，这只是你哄自己开心的方式而已。

我们彼此挤对，说些过头的话，像突然间亲密无间，又像可以借此填充空白。我算你的半个领导、略老的前辈、四分之一的好朋友，我说你红去吧，根本不用记住我。

你说自己不是那种人。

我说你不是那种人，你就红不了。

我们笑作一团，继而陷入沉默。

我更能知道你的苦楚，也能体谅那些姿色中上、努力中上、底线中上的女孩子，要怎样在所谓的名利场讨生活。你大部分时间化着妆度日，偶尔素面朝天就像车手离开赛车、篮球队员离开了球场，身边空落落无所依傍，内心总有些慌。

没有人能随便成功，也没有人能随便愿赌服输。这是尴尬的年纪，其实不止你，三十岁前很多人，都在这样的状态里，茫茫不知归处，代表作没有出现，标签不知道写什么更鲜明，目标像挂在鼻尖处的红萝卜，永远差那么一点。

很多人不认识你，很多人又不记得你，很多人看到你似曾相识，又想不起你的名字。

你站过很多场发布会，说很多很多的话，有时候犯错，有时候超常发挥，衣服总被我嫌弃；可我也知道，只要站上舞台，就赋予了观众挑剔的权利，你必须足够坚强，才能抵挡台下的注目，这真不容易。

我给你讲一个前辈的故事。她化了精致的妆准备上场，被另外一个同台的更红一些的人知道了，而后对方通知导演说，我不跟她一起，她上我不上。导演过来通知了她，她又带着妆，哭着打车回家去了。

时隔多年后她们又相逢，你的这个前辈笑得春光无限，和对方互动良好，像从不曾被她厌弃。你看，要么就是一直记得，要么就是善于忘记，这是普通人的不能。

你的另一个朋友，也在寻找红的出路，像必须经过这些努力，才能对得住那种在年龄面前急躁的、憋胀的、无处投递的紧张感。他给我讲他试戏的故事，说好不容易被推荐要上一个名导演的戏，前面的沟通都很顺畅，一切像是要水到渠成的样子。

然后真的去试妆，是年代戏，要演一个军官的。他兴冲冲地试妆，又让导演看。导演突然就皱了眉，脸色很不好的样子，让他转过身来看看，又说，怎么胳膊这么短?

他沮丧地转过身去照镜子，好像胳膊真的很短的样子。导演大声地说：你看镜子干什么？是让你给我看。

他不知所措，像真的犯了错。导演怒气冲冲地走了，甩下他杵着似乎真的很短的手臂。

他脱了戏服，有些难过，然后打电话给我。打电话给我之前，介绍他上这个戏的中间人打电话给他，说：导演说了，就这样吧，也找不到更合适的人了。

他把这些都藏在肚子里了，高兴地跟人说谢谢，可打给我的时候他似乎有点想哭了，他说自己也知道这不算什么事，就是觉得心里好难过。

我鼓励了他一下，用伤口上撒盐的方式，很贱地说：没准是你胳膊真的很短呢。

他没有接我开的玩笑，我才意识到也许我真的不该这么说，可不是所有人都有机会被安慰，即便对方是和善的似乎没有杀机的我。

他还是继续去演戏了，有一天在朋友圈里兴冲冲地说，庆幸自己能够坚持。

我没有看过他演的戏，但他真的乐在其中。

所以我没有更多的经验给你。那些有机会讲故事谈幸运的人，都在幸运之外付出了巨大努力。那些后来感叹时机很好的人，是时机适当的时候被恰巧选中了；那些看起来有些宿命感的巧合，其实是很多必然的叠加。

我愿意相信这样的逻辑：确实不是所有的人都可以红，但认真者，可能更接近红。你看那些真正走捷径的，是能被人看出来的，和再大的明星站在一起拍海报，看起来也是负分啊。

/// 没有时间漫步 ㊓

我被时间打败了。这天有三个会议，先是十点钟在北京的东边据说只需签一个字的小会，然后是十一点开始一点结束的午餐，再是一个下午两点钟的会议。

只需签一个字的会议持续了两个小时，事实上，当会议主持人拿着厚厚的宣讲材料进来的时候我就已经崩溃了。他的讲话像浴缸里的水，那种状态就是，你盯着它下泄的时候，它就永远都放不完，他的拖沓成为当日行程倒下的第一块多米诺骨牌，此后则是沆瀣一地，无法收拾。

十二点十分，经过漫长的等待电梯的时间，取车并从辅路驶上三环的过程中，感受到时间无声流走的我被彻底击溃，在拥堵的三环路上急出了被称为眼泪的奇怪液体。

在此之前，我给约定吃午饭的客户发了个道歉的短信，他回了我两个字：等你。

这两个字成为压倒我内心骆驼的最后一根稻草。其实这天之前，因为会议重叠、助理疏忽，我还险些错过一场事先答应的必须要出席的发布会。作为一个微小原则捍卫者，一个B型的金牛座，我被这件事儿打倒并不意外。这是今年第二次落泪，一次是为感情，这次，竟是为时间。

这是一个非常不堪的画面，好在车中只有我一个，车窗隔绝了外边的喧闹，可一想到这些都由我个人造成却又不由我控制，内心的苛责声就更加大。于是，一个三十多岁的大男人，在北京的三环上，遥望着下一个目的地，哭了。

谢娜曾被媒体围攻，因为天气的原因，她无法准时飞抵当天《暗恋桃花源》的现场，演出因此延迟了三个小时。主办方等待观众的决定，观众竟然选择等她，演出结束后她下跪道歉。我从不理解她为什么选择张杰，可我非常理解她为什么下跪，那真是一种好难面对的辜负不起，重点是，对方的态度并不是责备，而是，眼巴巴地等你。

当然，结果还好，我也完成了既定的会议内容，但这算是一个特别明确的教训。我哭完了之后就发誓再也不安排如此密集的会议，这样的“高效率”在北京这个巨大的城市里显然无法达成，即便没有高压力的交通，也无法达成。

最近我常做关于时间的思考，比如结束一天工作坐在家里沙发上的时候，我常有种无法掌控时间的无力感。它让我内心惶惶，似乎总在安排要做什么，现实却是，我什么都没有完成。

那些堆在角落里新买的书和杂志，躺在电脑桌面上新下载的视频，微信群里一段段语音记录，微博上被弹射出来的评论或者转发的消息，Path上有人更新信息被推送上来的提示，还有短信里的天气预报因为被调成静音振动模式发出的闷响，把我的业余时间切得粉碎。我常因此感到烦躁，可又不得不处理信息以防止它们向我发起又一轮的攻击，我又像一个急需素材的新闻工作者，一个等待水开了沏茶的人，在烦躁的同时，等待着即将发生的消息，枕戈待旦，不可安睡。

这真让人绝望，可仔细想想，根源竟只是一只手机，那些应用在方便你找到别人的同时，也制造着让别人找到你的条件。这种压迫感在于，你打开它的时候，你和世界有某种呼吸式的沟通；你关闭它的时候，则像被世界遗弃。

上次选择性地被世界遗弃，是在香港，我关掉网络，安心享受两天的假期：吃很慢的西餐，享受它经过漫长烘焙过程鸡蛋和奶油味儿非常清晰的西点，轻轻切下每一块菲力牛排，甚至喝了一杯入口稍涩的酒，然后走在人群熙来攘往的中环广场，去看了一场两个半小时的电影，又去了一间有茉莉花香的小小的书店，看了几十页竖排的繁体字。整个过程，没有微信，没有私信，没有微博，没有短信，手机被调成静音放在包里。我内心格外安静，并尽量屏蔽掉了与世界丧失联系的失落感。事实上，没有以上信息量打扰的几个小时里，味觉、视觉，甚至听觉，都敏锐清晰了起来，那些被我记住的细节，足以支撑我在此时回忆起它们。这是隔断信息带给我的一次全新体验，如同回到更早更年轻的时候，在没有 BP 机之前，我可以完整地一个下午坐在房间里看书，或者，用心地打开一张 CD，对照着歌词，听完整张专辑。

适度切断这些是有好处的，如果你已经感受到时间的逼迫。我的一个朋友奉行“手机不立刻接”的原则，不在第一时间拿起电话，这固然让我需要找到他时非常焦虑，可于他，确是把一件事情完整做下去的必要条件。我可以用“机德不正”谴责他，但当他告诉我他在这样的原则下获得完整的生活，我会试着去原谅他。

我不想再被时间逼疯，于是决定执行一些原则，比如，将时间切成一块块的，像认真切掉一整块牛排一样，并以读一本书、看一场电影、写完一篇专栏稿件为单位，屏蔽其他信息，专心只做一件事。

我想这样，我就有漫步的时间了，而不是，在慌乱中，像谢娜一样下跪，给时间这个王八蛋下跪。

紧张的人，永远是紧张的。

我不再上班，减少应酬，但加上跑步健身和写东西遛狗，一天时间似乎也不大够用。

如果算上社交的话，就更加忙碌了。

荒谬的是，每个被时间绑架的人，竟然都是要控制时间的人。

我好像很难改变了，但我不再给时间下跪了。

我今年很大的一个命题，是练习如何迟到。

但目测很难做到。

那天和助理约吃早饭，我说：九点吃早饭啊。

九点我准时下去了。

助理九点半才下来，说：你都吃完了啊？

我说：不是九点吗？

他们认为的九点，竟然是十点前。

金牛座无法理解的荒谬。

除了练习迟到，还在练习无所事事，无所事事又不心存愧疚，纯休息。可，这凭什么啊！

/// 大女人理当平静向前

㊝

你看起来乐观积极、走路生风，但我知道你并不仅仅如此；你的那些闪光的东西看起来略显孤单，它们像你的斗篷、披风或者让你看起来更威武的东西，可接近你，我知道，你那么孤独，渴望爱，怀念过去。

你像是一个人也可以过得很好，并且试图用很多方式证明这一点，比如拍很多的照片发在朋友圈里，或者在微博上说热闹的话，但我知道，这不是真正的你。你在某些时候叹气，想谈场深刻的恋爱，可人这么多，能找的却这么稀缺，像上次恋爱过之后，他离开的时候，把你剩下的好运，也带走了。

可我不能违心地告诉你，你保持独立坚强就一定会得到幻想的爱。有的时候，世界就是这样不公平，那个长得像啄木鸟的姑娘，总是谈了一场后立刻又谈另一场恋爱。你明明知道她是心机女，可大把的男人觉得她非常单纯，她开着男人新送的车过来接你吃饭，笑着谈一些被追的细节。你在这个时候觉得人生挫败，即便你不认同她这样的生活。

你和你的狗仓皇度日，有时候它睡在你床的左上角，有时候睡在右上角，半夜你醒来想拥住它，它就有点睡不醒地呜呜叫，那一刻你想把它赶下床，然后你又睡过去了。最难将息的十一月份，暖气还没有来，你病了，把手伸到被窝外边感受气温，又起来到厨房去倒水，等着水烧开的时候你倚在门上哭了起来，鼻音更重了。你希望有人能分担你的生活，可似乎，很难有人能走得更近一些。你觉得暧昧很累，谈朋友很辛苦，或者介绍自己是件尴尬和费劲的事儿。有时候你想，嗯，还不如真的有个说明书，把你的这些那些都告诉他们，让他们知道，怎么更好地和你开始过日子。

忙的时候你觉得什么都不缺，闲下来的时候有限，你觉得你需要一个人，可想想一个人要从认识过渡到成为生活的伴，那好漫长，你既不愿意，又有好多的不甘。

你在飞机落地的时候，晚上突然没有约会不知道在哪里吃饭的时候，别人去过圣诞去跨年你什么都没安排的时候，都想过是不是真的会有一个陪伴你做这些的人，他等着你的消息，在你落地后问你“天气冷不冷啊”之类的话，又准备一些小的礼物和惊喜，让节日显得有话可说。

你并非与众不同，你的好朋友的好朋友，你不认识，她养着几只猫，也同你一样，在城市的另外一个角落里孤独过活。你们逛过同样的商场，走过一样的街，说过一样的话，看着同样的一颗星发呆，你们不曾相识，或许这辈子也不会见面，但你们是一样的。

可你似乎再难爱上一个人，即便你也打开了心扉或者怀抱，期待着一个谁，可这个谁像点过水面的蜻蜓一样，总在你注意到它的时候转身飞走了。水逆的日子里你有过几段短暂的桃花运，而后他们又都在某个时刻突然断绝了联系，像突然驶到地下停车场手机没有信号，像亲热过后次日变成了陌生人。你想问个明白，后来放弃了，因为你发现，这样的决绝，似乎也让你更平静些。

你就这样无风无浪地往下走，时间滑动的时候，你像一个凝固的不与时间发生联系的孤独星球。

我没有什么可以告诉你的，也没有更好的解决方案，我只是希望你能过得更好一些、再好一些，将自己调节到最好的方向，至于遇到什么，大可不抱太大的期望。

我还希望你不要沉溺在过去了，那真的毫无意义。不要高估他的影响，终有一天他会变成一个只是和你有过关系的普通的人。我也不希望你去制定所谓的标准，标准是变量，就像在你遇到他之前，他不曾是你的想象。

那天我写：若你遭逢伤悲，请你一饮而尽。

你立刻一饮而尽了，要为这句话流出泪来。

祝你更好，并得到幸福；如果不能得到幸福，就得到平静。

平静也是好东西。

世界与你无关后，我去做了些什么

——写在后面

“雨声潺潺，像住在溪边。宁愿天天下雨，以为你是因为下雨不来。”

那天看到张爱玲的这句，心还是被揉了几下，遛狗的时候想起，苦苦等着他人的日子，终于还是在人生中消失了。

一是对爱这件事越来越清楚，知道“等”不来，求不得，在自己单方面的爱里苦苦等候只是徒增烦恼。二是对于会让人“苦苦等待”的“爱人”越来越能更早分辨，一旦发现，就不再给彼此倾轧折磨的机会。

你当然可以选择焚身以火的，但学会止损并不是一种心机，“不等”让人从容，天天下雨的话，我就先赏雨好了，你爱来不来。

听起来像是气话吧，但雨那么美好，哪有工夫生气哦。

人生大概是这样的，你在爱里心心念念谨小慎微的时候，反而失去更多，而当你对爱这件事儿平常心了，又得到很多意外的馈赠，竟然过了有情饮水饱的时间。

真正成熟后才发现，爱虽然是个折磨人的东西，能和它和谐共处的唯一方式竟然是：平常。

买了新桌子，用了新手机，穿了新衬衫、新鞋子，就老看到桌子、手机被磕碰划伤了，鞋子溅上了泥点子，喝咖啡的时候白衬衫总容易沾上脏东西，是这样的吗？

不，终究是我们过于在意它们罢了。更何况，桌子、手机什么的，磕磕碰碰划一划，不应该就是它们的宿命吗？

这样想起来的时候，觉得每个痕迹都是该有的纪念，所以我很心疼那些全副武装的手机，那些在机场传送带上被包裹成粽子状的新箱子，那些下车来看冰雹打过的车体的新司机，我想，我在开始放下一切保持如新，一切都如我所愿的执念时，就开始告别那些爱里痛苦的句子，就开始敢说出“世界与你无关”这样的话了。

说放下很简单，真的放下，却需要走很远的路，见更多的山，和更多的人纠纠缠缠，这样才真正开始了解自我——能走多远的路，该吃什么样子的饭，和什么人在一起不说话也不感到尴尬。最后了解，痛苦可未必是真爱哦，可能只是你的精神疾患罢了。

爱可以是各种样子各种形态的，被人描绘过的，未必适合你，也未必属于你。心心念念是它，若即若离也是它；浓烈到不愿分离是它，淡淡的像空气般存在也是它；过山车般跌宕让尖叫响彻云霄的是它，静默无声也是它。爱的标准，从来只是你的，不是别人的。

不执着于这个，就先放下了一些。

爱是互动的，但绝不是以你的节奏为标准的，那是自私；也不是以对方的节奏为标准的，那又过于奉献。爱是以两人都能接受的标准为标准的，你和对方，构成了爱的两个组成部分，求不得，未必是对方做不到，而可能是你要的不对。

不念这个，就又放下了一些。

过去的就让它过去吧，不留不攒，清空衣橱和房间，才有更多可能性。和不好的朋友说再见，扔掉坏了的剪刀、不用的钱包。

学会不留，就再放下一些。

离开执着的日子里，你会发现全新的世界。

学着跑步并试着坚持，看从来不看的书，吃之前从来不吃的食物，挑战下游乐场里从来不敢尝试的游戏，即便所有挑战都失败了，也有新的所得，或者干脆什么都不做，只是默默地坚持活下去，时间够久的话，大概都有穿云破雾窥见真相之感。

站在长久的时间维度，其实也不知道哪些是确定的、哪些是完全对的，永远不会重来的此刻，永远都在变旧的感情和东西，永远都在出现的新机会，竟然构成了奇妙的一生，这是我敢说再见后知道的真相，那就是，永远要有这样的勇气，对那些哪怕自己依旧深爱和留恋的，说一声：再见。

多好啊，敢跟世界无关，敢跟你无关，敢跟每个得不到求不得无关。

在《世界与你无关》再版的边上，说声“谢谢陪伴”，也愿大家，勇敢走路，不等旁人。

丁丁张

媒体人，编剧，作家
对人类和世界充满好奇，保持幻想
金牛座，单身，购物狂，家有一狗
情感思考达人，人生真相爱好者

著有《人生需要揭穿》《世界与你无关》《永无止尽的约会》
《只在此刻的拥抱》

分享你的读书心得，看看同爱这本书的人都在聊什么

关注“果麦麦的好书博物馆”，每天推荐一本好书

世界与你无关

产品经理 | 曹俊然　　特约印制 | 路军飞

技术编辑 | 刘世乐　　策 划 人 | 于　桐

图书在版编目（CIP）数据

世界与你无关 / 丁丁张著. -- 杭州：浙江文艺出版社, 2019.6（2019.9重印）
ISBN 978-7-5339-5681-3

Ⅰ. ①世… Ⅱ. ①丁… Ⅲ. ①散文集－中国－当代 ②杂文集－中国－当代 Ⅳ. ①I267

中国版本图书馆CIP数据核字(2019)第084351号

北京水木双清文化传播有限责任公司
经本书著作权人丁丁张先生独家授权，全权处理与本书版权相关的所有事宜
联系方式：qiu@gwrep.com

责任编辑：金荣良
装帧设计：曹宇哲

世界与你无关
丁丁张 著

出版 浙江文艺出版社
地址 杭州市体育场路 347 号 邮编 310006
网址 www.zjwycbs.cn
经销 浙江省新华书店集团有限公司
果麦文化传媒股份有限公司
印刷 天津丰富彩艺印刷有限公司
开本 880 毫米 × 1230 毫米 1/32
字数 140 千字
印张 6.5
印数 20,001–25,000
版次 2019 年 6 月第 1 版 2019 年 9 月第 2 次印刷
书号 ISBN 978-7-5339-5681-3
定价 39.80 元